Inte

Werk van Willem Brakman
– P. C. Hooftprijs 1981 –

Een winterreis (roman, 1961)
Lucy B. en C. W. van der Hoogtprijs 1962
Die ene mens (roman, 1961)
De weg naar huis (verhalen, 1962)
De opstandeling (roman, 1963)
De gehoorzame dode (roman, 1964)
Water als water (verhalen, 1965)
Het godgeklaagde feest (roman, 1967)
Debielen en demonen (roman, 1969)
Kind in de buurt (roman, 1972)
Het zwart uit de mond van Madame Bovary (roman, 1974)
De biograaf (roman, 1975)
Glubkes oordeel & Over het monster van Frankenstein
(novelle en essay, 1976)
De blauw-zilveren koning (roman, 1977)
Zes subtiele verhalen (1978) F. Bordewijkprijs 1979
Vijf manieren om een oude dame te wekken (verhalen, 1979)
Come-back (roman, 1980)
Ansichten uit Amerika (roman, 1981)
Een weekend in Oostende (roman, 1982)
Een wak in het kroos (essay, 1983)
De reis van de douanier naar Bentheim (novelle, 1983)
De oorveeg (roman, 1984)
Een familiedrama (verhalen, 1984)

De bekentenis van de heer K. (roman, 1985)
De jojo van de lezer (essays, 1985)
Leesclubje (roman, 1985)
De graaf van Den Haag (roman, 1986)
Het doodgezegde park (roman, 1986)
Jongensboek (verhalen, 1987)
Heer op kamer (novelle, 1988)
De vadermoorders (roman, 1989)
Pop op de bank. Een autobiografie (1989)
Van de in hogere kringen verliefde (roman, 1990)
Inferno (roman, 1991)
Een heiligverklaring (novelle, 1991)
Een vreemde stam heeft mij geroofd (roman, 1992)
Vincent (roman, 1993)
Late vereffening (roman, 1994)
Een goede zaak (roman, 1994)
Een voortreffelijke ridder (novelle, 1995)

Willem Brakman

Interieur

Amsterdam
Em. Querido's Uitgeverij B.V.
1996

ISBN 90 214 5413 0 / CIP / NUGI 300

I do not like thee, Dr Fell,
The reason why I cannot tell,
But this I know, and know full well,
I do not like thee, Dr Fell.

Thomas Brown

Moeilijk is het allemaal niet, het gaat er maar om zich even open te stellen, de pas in te houden, de hand aan het voorhoofd te brengen op de traditionele manier, de wijsvinger langs de neus te plaatsen of het hoofd met de kin op de over elkaar geslagen handen te laten rusten. De ellebogen kan men dan het best op het tafelblad steunen. Daarna gaat alles als vanzelf. Op een nacht meldt zich dan de man met het litteken, of de vrouw zonder haar, of de non zonder armen of het meisje zonder armen en benen. Dat is om het even, waar het om gaat is dat deze gestalten niet willekeurig zijn op te roepen, die doen gewoon wat hun in de zin komt, ware dat niet zo dan schoven ze maar flets voorbij als werden ze als hulpstukken in en uit gedragen door etaleurs die iets gaan inrichten. Denk maar niet dat de man met het litteken iets is overkomen of dat de non zonder armen een ongeval heeft gehad, ze zijn zelfs niet eens zo geboren maar altijd zo geweest. Het is al te veel als men bedenkt dat de man zonder oogbollen die met lange mosselenbaard en slappe roze huid opeens aan het voeteneinde van het bed staat over zijn schuit wil vertellen of wil vragen wat hij aan zijn toestand moet doen. Het enige wat hij wil is meedelen dat hij uit het diepe komt en dit liefst zonder woorden, dat de vissen zijn ogen hebben weggezogen om het nog dieper te maken en dat hij eindeloos is gezakt zonder ook maar een bodem te raken en al die tijd voortdurend glibberig werd aangeraakt in het donker. Dit hoeft nog niet zo veel te betekenen, al kunnen deze beelden iemand te binnen schieten als dat helemaal niet uitkomt. Nergens waren ze, opeens zijn ze er en ergens moeten ze toch vandaan komen. Maar dat is de geest, men zou kunnen zeggen een ruimte die zichzelf insluit, daarover hoeft men niet moeilijk te doen.

Ik weet zeker dat ik in de tijd waar ik over spreek dagenlang niet aan de non zonder armen dacht en haar ook 's nachts niet zag. Ik kon rustig aan het ontbijt, die geseculariseerde ochtendmis welke ik van mijn hulp in eenzaamheid mag celebreren, denken 'geen non zonder armen vannacht' en daarbij ongezien droevig worden. Dan dacht ik aan haar machteloze stompjes, die al wriemelend van alles konden betekenen: een hunkerend uitstrekken met de vaste wil om te omarmen of het tegendeel daarvan. Daar was met alle herinneren en voorstellen niet achter te komen. Een keer stond ik voor het raam, hoorde in huis mijn hulp rustgevend stommelen en zag in deze toestand een pastoor voorbijgaan. Nu is een pastoor geen pater en deze weer geen non, laat staan eentje zonder armen, maar het bepaalde mijn blikrichting en ik schaam mij niet te zeggen dat die naar binnen was gericht. Er moet om de samenhang in deze ruimte echter een verband zijn tussen een pastoor en een armloze non, en dat kan niet anders zijn dan het verlangen naar elkaar en tevens het verbod en de onmogelijkheid daarvan. Het is dus goed deze dingen in de gaten te houden, bij voorbeeld wanneer men droomt een pater te begroeten of een dominee ziet zonder armen, wie begrijpt anders de plotselinge droefenis die kan overvallen wanneer men zo'n bedienaar des woords voorbij ziet marcheren. Om 't schuurtje bij 't huisje te houden is het beste dit alles te vergeten en over te gaan tot de alledag met zijn zorgen en plichten en dat zijn er meestal wel genoeg. Het is ook veel verstandiger las ik ergens, dat is zeker zo maar vergeten is een vreemde zaak en op zijn minst een eigenzinnig proces. Zo begon ik overal armloze nonnen te zien: ze stonden op een geïllustreerde kalender met de armen op de rug en in de volle maand augustus, en ik voelde toen ik een keer een begrafenisstoet passeerde die juist een katholieke begraafplaats op sloop dat in de kist een bleke non lag te loeren zonder armen. Ook trof ik in een tijdschrift waar een groep gehandicapte negers was gefotografeerd een kereltje vooraan dat geen armen had. In het midden echter, in het zwaartepunt van deze groep, troonde een stevige non, die links en rechts van haar de handen op een negerbolletje had gelegd, maar hoe... Het antwoord hierop moet zijn – uiterst dubbelzinnig! gezien de centrale opstelling, de breeduit geplaatste armen en de uitgesproken triomfale blik waarmee zij me aankeek.

Ik wilde daar verandering in brengen maar de moeilijkheid was dat als ik 's ochtends wilde vaststellen of ik wel of niet van haar had gedroomd, ik daarvoor een nauwgezette speurtocht moest ondernemen om haar te betrappen in de vele vermommingen, waarbij het ergerlijke was dat de vaststelling haar niet te hebben ontmoet in de raadselachtige gebieden van het eigen ik, het verheugende daarvan direct begon aan te tasten. Dit rondsnuffelen in de eigen geest deed deze bruid van Christus zich als metastasen uitzaaien door mijn brein en ik begon me al af te vragen of ik niet het eigendom was van deze zo machteloos machtige zuster of dat zij als koppige schim in mij rondschuifelde. Vanwege deze eigenzinnigheid had ik dan ook de indruk dat als ze er was daarmee niet alles begon; achter het begin dat haar verschijnen toch was, school zo iets als oorsprong. Scherp luisterde ik naar de signalen, al of niet versleuteld, zo in de trant van 'de bleke nachtkaars is ontstoken' of 'doe het vannacht maar eens kalm aan'. Het kunnen de jaren zijn geweest die mijn slapen zo wormstekig maakten, maar veel van deze zaken kon ik niet begrijpen, nochtans had ik het gevoel dat wel te doen. Wie in het donker ligt te staren weet dat de geest in zichzelf betrapt eindeloos is maar desalniettemin beperkt, en dat houdt wakker. Het deed de non ook wat naar de achtergrond verhuizen, zo iets als een liefde die wanneer we er al te zeker van zijn steeds minder belangrijk wordt. Droomde ik weer eens van haar dan was ze inderdaad magerder geworden, maar ik verloor mij steeds verder in mijzelf en was haar daarom op alle mogelijke manieren ontrouw, zowel in de uiterste hoeken als vlak voor haar neus. Daarom kan ik ook zeggen dat ondanks alle geluksmomenten die de geest te bieden heeft een zekere dreiging nooit afwezig is.

Dat is ook de verklaring van mijn verschijnen in de nacht aan het bed van mijn hulp, over wie spoedig meer. 'Schuif eens wat op,' zei ik, 'ik ben bang.' Tegen haar rug kruipend dacht ik haar als een boegbeeld over donkere zee en hierdoor ontroerd zei ik: 'Ik kan niet slapen, vertel eens wat.'

'Verlaat de hoofdweg,' zei ze behaaglijk schurkend met haar bibs, 'ga door een paar dorpen want daar krijg je dikke benen van en de zo noodzakelijke gezwollen voeten. Neem ook nog een vallei mee, dat is goed voor de honger en de dorst. Laat een drukkende stilte vallen en raak dan de weg kwijt. De avond valt en let nu goed op de juiste volgorde: eerst is er de oude vrouw met de zwarte kap en een hoofd dat waggelt van de ouderdom, dan is er het zingen van de vogel, vervolgens de tafel met het avondeten en de wonderlijke bekers en eerst na dit alles de hond. De rest is een fluitje van een cent.'

'Onrustig is ons hart,' zei ik, 'tot het rust vindt in u. Slaap wel.'

'Welterusten,' zei ze, 'en tegen snurken heb ik geen bezwaar.'

'Gezegend onder de vrouwen,' mompelde ik al half onder zeil, 'non, vogel, hond.'

❀

Ik fiets graag en dus veel, mijn dijbenen en kuiten mogen er nog zijn, al is daar geen afzetgebied meer voor want ik ben op jaren. Dat laatste heeft enkele voordelen maar overwegend nadelen, want welke fietsende oude kent niet het in de broekspijp schieten van een testikel bij het opstappen of erger nog het er kwiek op gaan zitten. Hierbij komt nog de niet geringe kwelling van de bezorgdheid der anderen. Hierover zei de filosoof Sartre 'l'enfer, c'est les autres', wat een uitspraak is van verheerlijkend inzicht en eenvoud en niettemin waar. Het was in de herfst, het stormde en ik kwam uit een bos dat spoedig tot een suf parkje zou worden verhakt maar vooralsnog archaïsche trekken vertoonde. Ik trapte op huis aan en luisterde tegelijk naar de ouderwetse geluiden van de wind, die raffelde, wapperde en klapperde tussen de takken, het geluid van diepe sproken. De smalle weg lag wat hoog, ernaast was een droge sloot want de regens waren nog niet begonnen. De wind floot zonder enige pathetiek, ranselde bijwijlen en dan kan ik geen pottenkijkers gebruiken, toeterende auto's of lolbroeken die eerst lang vlak achter je fietsen om je dan zogenaamd makkelijk in te halen en zo belachelijk te maken. Ik wil alleen zijn met de storm maar palsambleu! deze keer rukte hij mij de hoed af en wel met een snelheid die voor het verstand niet meer was te volgen. Bij een hoed is dat om diep liggende redenen zeer vernederend en in mijn geval zwiepte het hoofddeksel over de sloot in het prikkeldraad waar hij bleef hangen en stuiptrekken. Ik stapte van mijn fiets, legde deze in het gras omdat hij op de standaard onmogelijk kon blijven staan, gleed naar beneden, kroop aan de andere kant omhoog en begon de hoed voorzichtig vrij te prepareren. Toen ik hem eindelijk weer op kon zetten draaide ik mij om voor de terugtocht en keek in een dramatisch tafereel; een rij donkere auto's in de schemering, met ronkende motoren, knipperende lichten en veel volk op de been dat, bij God, een ketting had gevormd om hand in hand een zwakzinnig oudje te redden dat van zijn fiets was gewaaid en de polder in geworpen. Ik maakte afwijzende gebaren maar die werden uitgelegd als tekenen van grote dankbaarheid. Uitleg werd mij ook niet gegund vanuit een verborgen regie. Bleef de storm als uiting van mijn schaamte en woede en de overmacht van de vijand.

De volgende ochtend, aan de tafel in de keuken en niets in het licht dat deed denken aan 'en sneed het dagelijks brood...' viel mijn oog op een tijdschrift dat daar vermoedelijk via mijn hulp terecht was gekomen:

O groen blad van de jasmijn,
Broeders laat ons rovers zijn,
en ons zonder medelijden
van de bestiën bevrijden

las ik. Het is een best mens, wonderlijk ook, waarover later meer.

❀

Bij iemand van mijn knorrige statuur wordt er al gauw gedacht die zal wel arm zijn want morrend volk is arm volk. Niets is echter minder waar, ik ben zelfs welgesteld en kan mij dus nog enige tijd verdedigen voordat de stelling onder de voet wordt gelopen. Ik heb een hulp voor de vele ongemakken die een huis nu eenmaal meebrengt, mijn vak voldoet aan alle wettelijke eisen, is verder echter niets meer dan een nummer, de plaats waarvan alleen nog met coördinaten is aan te geven. Mijn muren kan ik dan ook niet de mijne noemen, zij behoren even goed aan de buren. Ik woon in een etui, een produkt dat in geen enkele betrekking staat tot zijn bewoner. De binnenhuisarchitectuur is hierbij aangepast: doelmatig, zonder rondingen en vanwege het duidelijke ontwerp met de lichte geur van bibliofilie. Verder vleugjes kubisme, een tipje Bauhaus en hier en daar een ornament om aan het functionele de ergste kou te ontnemen. Protest is hier onmiskenbaar, waar het hier wezenlijk om draait is het niet meer thuis zijn bij zichzelf, en hoe ze dat flikken weet ik ook niet maar het is werkelijk gelukt om het voor elkaar te krijgen dat ons eigendom ons niet meer behoort. Mijn hulp heeft de hierbij passende onverschilligheid, een liefdeloos niet achten van mijn spullen, maar ik weet dat zij mijn interieur leest als een tekst. Zij stoft ook alles af alsof zij straffen uitdeelt, behalve het schilderij dat boven mijn bank hangt als een laatste redding. Het is een in grote vormen neergezette kikkerkop, bovennatuurlijk helder, strak wit en groen waarin felle zwarte stippen. Deze kop staart recht omhoog in een werkelijk onvergetelijk en niet te overtreffen blauw, zo alsof de wereld voor de creatuur geheel in orde was. Dat is zij niet, vanaf mijn balkon kijk ik in een parkje waarin een ompaald wit rondje zand, een schommel, een glijbaantje en verder een hok voor twee bokken die zich gruwelijk vervelen en daarom vaak aan scholen worden uitgeleend. Zo is dat allewijt.

De enige band met de barre natuur is een fout in de constructie van de flat, waardoor al bij het minste geringste zuchtje wind een luguber huilen en loeien ontstaat in het trappenhuis zoals alleen nog maar te horen is in het stuk *Op Hoop van Zegen* van Heijermans. Daar is natuurlijk over geklaagd maar er is gelukkig niets aan te doen want ik beluister er het wenen en klagen in van de tijdgeest, en wel met grote instemming want het is onheilspellend. Als al het getourmenteerde hout, steen en ijzer dit geluid gaat voortbrengen dan is het eind in zicht. Ik sla hier *Koning Lear* maar over want daar is alles al over gezegd, maar toch sta ik er vaak bij stil en verbaas mij erover dat dit geluid nog is toegestaan, dat de flat niet wordt afgebroken of in brand gestoken vanwege deze revolterende stem. Ik meen wel eens enkele figuren te hebben zien rondklauteren die de blik van de vakman op alles lieten rusten. Zo kijkt een kraan met een ijzeren slingerkogel die een huis vakkundig sloopt.

Stilstaan doe ik niet al te vaak, dat is verdacht op mijn jaren, er wordt dan al gauw gedacht daar staat ie, daar gaat ie en als het niet vandaag is dan toch morgen. Dat maakt de honden wakker en de enige goede houding is die als voorgeschreven door de bejaardenyoga: verzonken in herinnering, als het kan wat verward, met zachtjes tikkende stok van oppassen dat ik mijn lieve heupje niet breek en met ogen wijd en donker van het korte perspectief.

Er is een vreemd rapport tussen de ouderdom en baby's (bij de kleuter wordt dat alweer minder maar de baby laat zich niet in de luren leggen), het geheven handje zakt, het glanzend oog loopt leeg als ik in hun blikveld treed. Terecht want mijn werkelijkheid is die van het interieur, een invers idealisme waarin de verhevenste begrippen als een donker contrapunt zich in de diepte verliezen. Ik noteer mijn duivels prentenboek in een schrift met harde kaft waarop een etiket is geplakt met het opschrift *Prolegomena, Parerga et Paralipomena* zodat ik er zeker van kan zijn dat niemand het cahier zal openslaan. Erin gewelddaden, fantasmagorieën, chimaerae, nocturnes, profanesken, een bestiarium. Dat is mijn enige verweer, het onder ties afglijden naar de zijkant om daar de grote bomen te vellen. Er bestaat een geografie van het innerlijk en ik heb een voorkeur voor het Polen van de geest. Daar bewaar ik mijn curiositeiten zoals een slot van zwarte en harde kolen. Erin en eromheen Kozakken, Bojaren, Mongolen. Gehaast en slordig zijn de pages en kamermeisjes gekeeld maar... tussen de tuin- en terrasbeelden. Dat zijn de finesses waar het om draait, in schoonheid en geweld zijn zij ineen gezegen en hebben hun lege, bleke gezichten langzaam naar de hemel gekeerd. Na zo iets sneeuwt het niet voor niets. In het slot heeft het lang heen en weer galmen en rollen van het schreien zich in de spiegels verloren die erdoor zijn geknapt. Van een salonboezem glijdt een sluier, kleine, fraai gevormde handen trekken hem weer op maar, let wel, met de onhandigheid van het sterven. Misschien laat ik de muren van de blauwe salon bestaan, ik wil dat overwegen omdat daar Neptunus achter een blauwe Najade aanzit die tracht te ontkomen door een wijd gapende deur, armen en borsten ver vooruit, ogen wijd van schrik en ongeloof. Een overigens al gestreden en verloren strijd, vanwege de kundige en abnormaal grote handen van de grijsaard, ook al wordt hij gehinderd door trossen mosselen en wier. Dit gebied kent twee grote gevaren, de orde en de wanorde, in mij houden beide elkaar in een dynamisch evenwicht. Gegeven een Poolse keizerin, gebrandschatte landerijen, maagden die aan vale ahornstammen zijn gebonden gegarneerd met verminkte knechten en derlui bloedbesmeurde monden. Ik ben echter grootmoedig, sta de keizerin toe te vluchten. In Parijs stort zij zich in galanterieën, lusten, leugens, intriges, ijverzucht en de Franse ziekte. Uit alle macht wendt zij zich tot politieke bewegingen, tot vrijdenkers in grote onverwarmde huizen, zelfs straatschenderij om maar aan juwelen te komen. Genootschappen van de mystiek toegedane wetenschappers kunnen hier niet gemist worden, evenmin als de ondoorzichtige samenkomsten van het Heilig Officie met haar oudste en nobelste wreedheden: het niet te biechtene, het onbiechtbare, het ongebiechte. Verder in hoge gangen spiegels die liegen dat ze barsten en gif in fiolen waar men het oog niet van af kan houden. Niet en vogue zijnde uitroepen worden op hoge prijs gesteld, zoals tonnerre! accoucheur! en bataille! pepoen! en schurftkop! Zo'n gedachtenleven dient zich op de rand van het kinderlijke (dat is het wreedst denkbare) af te spelen: licht verbaasd, nu en dan met een opgetogen handenklappen en veel verkleinwoordjes. De taal die daarbij hoort moet zich de luxe van het spontane en onverwachtse kunnen veroorloven, zij zwijgt nooit, bedekt alles, zegt niets, maar doet...

In die taal leef ik en zij dreef mijn keizerin op een avond naar een bijeenkomst in een donkere straat alwaar een samenzwering. Mannen hokten in een kelder als boze dwergen, hoog in de schouders, om een klein lampje, in vergadering bijeen en onder lage, zware balken. Zij wilden groots en meeslepend zijn beluisterde ik; toekomst, kinderen, vrijheid en al die dingen. De grote Meester wierp zijn schaduw op de muren, de keizerin schrok ervan, het kraakte in de balken en het onweer in de verte rommelde als het gebrom van kanonnen. Ieder verstandig woord zou hier een catastrofe zijn en eindigen in een bloedbad. Allen wisten dat, doken ineen en hieven de gebalde vuist besmuikt in het zwakke licht. Men hield elkaar goed in de gaten, droomzwaar, koortsachtig, zwijgend. Het ging om gerechtigheid voelde ik, de keizerin trad erom naar voren, ieder hield de adem in; de ezel is een lastdier, sprak zij, de mens is goed, dieren kennen geen sabbat, alle novicen zijn geil. Riskante woorden, die gemakkelijk als verraad konden worden uitgelegd, en men overwoog al haar rug aan rug met een mulattin op een rad te binden, al ronddraaiend met een kroontjespen te prikken en met inkt te bespetteren. Maar uiteindelijk rukten allen eendrachtig de hoed af met de brede rand, zwoeren elkaar trouw bij de sluier, de hulp, de spiegel en het boek, en riepen de woorden waarin het grote geheim lag besloten, 'wij eisen het hoofd van Ran!'...

Ran was en is een handelaar in tweedehands boeken, toen ik hem voor 't eerst zag in zijn winkel noemde ik hem om de schimmelgeur die uit zijn stapels opsteeg 'de grote god Pan is dood', maar zijn eigen naam bleek veel sterker. De man was nog een genuïne vuilbekker en had als zodanig generaties lang boeken op stapels gegooid in afwachting van mijn komst. Toen ik dan eindelijk de deur open duwde, die klemde van 't vocht, was er niemand te zien maar ik bespeurde zijn aanwezigheid. Ik kende hem toen alleen nog maar van de straat want hij deed van alles met kinderen; voorop bij optochten met lampions, trommelend bij de padvinderij en langs de scholen als Sinterklaas. Hij had ook nog een goed plaatsje uitgezocht op een schoolplaat, in het midden waar hij dobberde voor Dorestad, dat hij had verwoest. De winkel was donker, door het etalageraam sijpelde een ijle gloor en het licht uit de achtertuin moest eerst nog een paar hoeken om voordat het mij bereikte. In die tijd hurkte ik direct op de grond en begon te wroeten. Een goed boek, leerde ik bij Ran, is een zich verbergend boek achter kranten, gebruikt verband, beschimmeld brood, schillen, dozen. Het hurkt achter paddestoelen, doodgeboren baby's en jaegerondergoed. Ik las eerste zinnen, laatste zinnen, kweekte een gevoel aan voor de hoogst zeldzame goede titels en bestudeerde op een willekeurig blad van een willekeurig boek uit een willekeurige stapel een blindelings aangewezen zin zoals een priester het ingewand van een offerdier. Ik herinner mij nog scherp de zin 'tot de geruchten aanhielden en er bijzonderheden werden genoemd'...

Onderwijl vuilbekte Ran, hij kroop over zijn boeken, zorgde voor lawines die weer alle kansen boden, alles onder het mom dat hij iets opzocht. Hij kroop als een gnoom in het kleine beetje tegenlicht dat hij tot zijn beschikking had en speekselde alle kanten uit. Er is over het vuilbekken veel goeds te vermelden, het is spraak van een grote poëtische kracht. Het wordt geboren uit onverdunde afgunst, razernij, onmacht en een oververhitte fantasie. Het wankelt dan ook in zijn hoogste momenten op de rand van de waanzin. Erin is een overmaat aan zelfhaat en zelfmedelijden en al doende vulde de winkel zich met de ranzige lucht van de stal en van oud wasgoed, maar ook met de kruitdamp van het klapperpistool. Onmiskenbaar het loensen met gebogen hoofd, het conspiratieve oogwit, de tederheden en de kwetsuren. Soms sloeg Ran zich voor zijn sproetig voorhoofd om nog ongekende gebieden te bereiken in het verbodene, en zo vervlocht hij zich met zijn stapels door een spreekverbod te doorbreken, iets wat al die stapels op het oog hadden. Maar hij had nog een speciaal vermogen, dat viel af te leiden van zijn grote vlezige handen zo vol goor avontuur, de mond van een schreeuwlelijk en zijn aanmatigende lengte. Hij zei wat hij zei maar tegelijk ook meer, iets dat zich op de een of andere manier in de vouwen en plooien van het gebruikte woord had genesteld. In Ran woedde de opstand der woorden, de reserve van een schimmelende stapel, iets van de onderkant.

❀

Daar ik suggereerde dat we elkaar vroeger goed hadden gekend en ik een regelmatige bezoeker was geweest van zijn winkel nam Ran mij in een goede stemming mee naar het woongedeelte achter in het pand. Zijn handel had zich sterk uitgebreid want her en der in de boekenchaos zag ik roestige wapens, kleden, huisraad, een grafsteen, langstelige lepels en gespen in een rij, het murwe mengsel van schimmen en ook veel dat alleen maar glansde en zich verder niet prijsgaf.

'Je zult wel moe zijn,' zei Ran, die een gaskacheltje aanstak.

'Tussen boeken rommelen is zwaar werk,' gaf ik toe.

'Ik maak het hier maar niet te warm,' zei Ran, 'anders loopt alles de deur uit. Kou houdt het ongedierte kalm.'

Ik keek naar het meisje dat op hetzelfde ogenblik binnenkwam, een aardig meisje dat de sfeer niet in het minst bedierf door bij voorbeeld al te mooi te zijn. Voor mij is dat heel bijzonder want ik ben wel iemand voor een rustig en ongestoord gesprek over het verleden, tussen lompen en metalen en bij een gaskacheltje. Het was een mager maar zeer vrouwelijk meisje, aan de bleke kant, en als gezichten nog iets te zeggen hebben dan was het ook een bescheiden, mogelijk zelfs een duldend meisje, zo eentje dat zonder veel maren iets toevoegt en met heimwee vervult. Achter de ongevoelige en onverfijnde Ran had ik dat nooit gezocht en ik hoopte maar dat zij moeilijkheden zou hebben op het een of andere gebied zodat ik een kans zou krijgen als oude zo wijze. Misschien eens nu en dan een hand op het hoofd, een veelbetekenend glimlachje over en weer of een kleine attentie, iets om de gewrichten weer wat losser te maken. Toch deed de situatie mij wat vreemd aan, maakte me zelfs wat ongerust. Ik had erover gelezen hoe oude mannen die een zwaar en hard leven achter de rug hadden verzonken in hun eigen droom. Zo zag ik met een merkwaardige tederheid het meisje als een gekeeld maagdje in de sneeuw en alsof dat nog niet genoeg was pakte Ran een grote koffer die in de buurt stond, misschien de koop van de dag maar hij haalde daaruit een paar bruidsjurken te voorschijn die het magere meisje stuk voor stuk voor 't lijf hield om te pronken en te keuren. Ze deed daarbij een paar passen, waardoor goed te zien was hoe zwaar en stijf de jurken waren en toen Ran nog een extra lampje had ontstoken ook hoe verschoten, zeldzaam van fatsoen en beschaamd. Het waren hulzen die aan grote insekten deden denken en ik zag met droefenis fluweel uit Galicië, Chinese zijde en ingewikkelde gouden randjes uit de Balkan. Als de geest werkelijk een eenheid was, zoals sommige denkers zeggen, dan moest Ran ergens ver weg en lang geleden boze dingen hebben gedaan om in mijzelf een samenzwering te vormen die hem de kop kon kosten.

Verder kwamen nog uit de koffer een paar roze kousen, enkele schoenen met rode hakken, waarna het meisje nog een asgrauw zijden kleed voor de borst hield waarop zwakgouden bloemen. Adembenemend was het om het zo vergane en oude, maar nog de meeste indruk maakte een zwart zondags kleed, zonder veel franje, dat echter stond als een onbuigzame klok met diepe plooien. Ik schatte het op eeuwen oud en het lieve kind liet het nog even wiegen, waardoor Pasen en Pinksteren in elkaar gleden op een duizelende manier. Op dat moment voelde ik de verbanden tussen alles: vuilbekken, boeken, de verroeste wapenen en het visioen van de bruidsjurken. De koffer, zei Ran, was afkomstig van een vrolijk heer, een doctor die er ten tijde van de overdracht of aankoop als de weerga van door moest. Het was een man, vertelde hij, die in de korte tijd van het onderhandelen er nog bij vertelde dat hij macht had over de dingen, zowel op de aarde als in de lucht. Niettemin moest hij er snel van door. Omdat deze man zo'n haast had gehad om te vertrekken had hij de koffer steeds maar bewaard, geduld tekende de ware lompenhandelaar, maar vaak had hij op het punt gestaan de hele zaak maar te verbranden in de tuin.

'Een museumdief,' was alles wat ik tegen het meisje wist

te zeggen want ik wilde toch iets hebben om aan terug te denken als de deur zou zijn dicht gegaan. 'Of iemand uit een sprookje,' zei ik ten slotte nog, want daar gebeurde ook altijd alles op het juiste moment, zoals hier het openen van de koffer.

'Ik krijg nog geld van hem,' zei Ran, die vermoedelijk doelde op de achtervolgde kofferbezitter, en toen ik daar geen commentaar op gaf voegde hij er nog aan toe: 'Zocht je iets speciaals?'

'Ja,' zei ik, '*Het leven van Rembrandt*.'

Dat was ook zo, al was ik daar niet voor rondgekropen. In mijn prille jeugd had ik het in zijn boekenstal op de markt gezien. Het boek was veel zwaarder dan het eruitzag vanwege de bladen, die van een solide, gladde kwaliteit waren en die prachtig openvielen en niet terug veerden. Ik wilde per se het boek hebben, vanuit de overtuiging dat iets dat ik zo graag wilde hebben ook bij mij hoorde. Mijn geld was niet toereikend en Ran was onvermurwbaar. Hij zat achter zijn stal en keek om zich heen met grote aandacht voor alles. Naar mij luisterde hij nauwelijks. 'Jij wilt dat boek jatten,' zei hij nog, 'ik zie het aan je ogen.'

'Ik heb nog nooit meegemaakt,' zei Ran, 'dat iemand hier vond wat hij zocht, alles wat wordt gevonden is toeval.'

'Ik zou steeds maar hetzelfde boek willen lezen en herlezen,' zei ik, 'dat boek zoek ik.'

'De bijbel,' zei Ran, 'die heb ik in alle maten, geribbeld en met lintjes.'

'Nee,' zei ik, 'het zou een onleesbaar boek moeten zijn, of liever wel leesbaar maar onbegrijpelijk. Zo iets als die Russische poppen, die tot in het oneindige zijn uit te pellen maar steeds weer zwanger gaan van een volgende.'

'Ik moet dat wel ergens hebben,' zei Ran, die niet had geluisterd en op een toon of wat hem betrof het bezoek afgelopen was. Chrisje bracht mij naar de deur van de winkel, haar naam had ik op het laatst nog opgevangen. Boeken slorpen licht op en in de schemer bij de deur kon ik daarom iets zeer avondlijks zeggen, zo in de trant van zorg voor een goede nachtrust want je ziet mij te bleek, maar ik kwam daar niet toe omdat er iets wonderlijks gebeurde, het meisje sloeg rustig de armen om mijn hals, kuste me op de wang en de deur was achter mij dicht nog voor ik Jack Robinson had kunnen zeggen.

Ik ging naar huis en eenmaal veilig buiten het verkeerslawaai zei ik tegen de hemelen 'geen mirakelen meer, daar ben ik te oud voor geworden'. Maar misschien gebeuren ze dan juist. Ik hou van de literatuur en had dus een wat verward nachtje, droomde van Oedipus, dat wrak dat blind en door zijn dochter geleid over de wegen ging in de buurt van Thebe, over de oude man van de zee die zich als jong kon vermommen en ook over Edward de zevende, wiens buik zo dik was dat hij een stellage liet maken waarin alles paste en waarbij hij voor de liefde alleen nog maar aan een touw of koord hoefde te trekken voor de nodige schommelbewegingen.

De volgende avond was ik weer ter plaatse en liep in het donker aan de overkant van de straat heen en weer, opgewonden en daarom toch wat jaloers op de figuren die ik door de ramen rustig achterover in hun stoel zag hangen. Verschillende keren ging ik naar de winkel en bleef ik voor de deur staan luisteren, maar alles was donker en stil als het graf. Ik bleef maar dralen, bedacht alle onheilen die het arme meisje konden overkomen als ik mij verwijderde, weer geheel bij zinnen als een dorre loot naar huis zou gaan, de krant tegemoet. Brand, inbraak en moord konden haar treffen als ik niet oppaste, ik de enige. Ook de straat was doods en eenzaam, nog een van de laatste. Ergens sloeg een torenklok, een dronkaard die mompelend voorbij waggelde werd door mij met verachting nagekeken want ik was zeer verfijnd geworden, een fietser die floot deed dit mij te schel, was ook verder te jong voor enige diepgang.

Ik belde en mij werd opengedaan om dat alles maar eens kort samen te vatten. Chrisje, met de gedachten duidelijk elders, ging mij voor, een trap op en ik betrad de achterkamer, waar de oude Ran en nog iemand bijeen zaten. Ik kwam bij hoge zee aan land, want eenmaal binnen herinnerde ik mij de hardheid van de stemmen enige ogenblikken daarvoor en realiseerde mij dat zij woorden moesten hebben gehad. Ze hadden plotseling gezwegen en de oude Ran kwam haastig naar mij toe en zei met onzekere stem, een weinig achter adem, dat hij blij was met mijn komst. 'Je hebt er goed aan gedaan om langs te komen,' zei hij, 'die knaap was juist bezig mij te vermoorden maar ik leef nog en ben van plan dat nog lang te doen.' De moordenaar was een flink gebouwde jongeling, een weerbestendig knaapje, zo een voor wie het er niets toe doet dat het al laat geworden is of dat hij de laatste tram heeft gemist. Overal heeft dat soort hun verdomde jonge lijf bij zich dat hen bijstaat in de moeilijkste omstandigheden en dat hun, hoe dan ook, een groot overwicht geeft. Als men niet oppast en zich schrap zet is opeens alle geest en wijsheid en ervaring maar gemaniëreerde stramheid, een douceurtje, een 'petit rien'. Zeker in de verwikkelingen waarin ik terecht was gekomen, en ik besloot op slag een grote hekel aan hem te hebben.

'Ik wil mijn vriendin kunnen zien als ik dat wil,' mokte de jongeling en dat was wat mij betreft even goed geplaatst als op de juiste tijd.

'Dat is Olie,' zei Ran met een wegwerpend gebaar, 'en als die wat wil zien dan is het geld. Dit is mijn winkel, hier woon ik en het gaat mij goed, maar er zijn haaien om het schip.'

'Iemand kan braaf en gelukkig zijn ook zonder rijk te wezen,' zei ik en meende dat de juiste toon voor het moment. Op dat ogenblik kwam Chrisje weer de kamer in, maar deze keer met een blad waarop een paar dampende koppen bouillon. De geur ervan overwon die van vochtige schimmel en schiep zo iets als een adempauze. Ondanks mijn teleurstelling bewonderde ik de gratie en de natuurlijkheid waarmee het meisje zich naast de jongeling opstelde nadat ze de koppen had rondgedeeld, waarbij ik overigens tevergeefs had getracht haar blik met innigheid op te vangen.

Ik had verwacht dat de knaap triomfantelijk in het rond zou gaan kijken na dit blijk geven van haar voorkeur maar dat was beslist niet zo, heel superieur achtte het jongmens dat van veel minder belang dan waar hij mee bezig was. 'Ran bulkt van het geld,' zei hij zich tot mij richtend, 'en hij kon best eens met een rond sommetje voor den dag komen nu de geliefde van zijn geliefde zoveel begrip toont.' Afschuw vervulde mij toen ik dat hoorde en wel zo dreunend dat ik vreesde dat het te horen zou zijn, maar de ompantsering van vlees en knoken die mijn innerlijk omsloot was gelukkig solide.

De oude Ran was blijkbaar ook diep getroffen door de lomperik, hij strekte zijn armen naar het meisje uit, dat tot mijn verbazing direct naar hem toe ging en zijn ongeschoren wang, bedekt met dat wittige pluis dat oude oude mannen zo'n viezig uiterlijk geeft, streelde op een manier die mij met gal deed volstromen. 'Het is een duivels ding,' zei hij verzaligd, 'waarom moest nu juist deze gezel langskomen, zijn haren ruiken naar sigarerook en dat is geen best teken.'

'Poe,' zei Olie, die op een onverschillige en onbeschaamde manier achterover was gezakt in zijn stoel, 'hoor, hoor de oude bok die zijn hele huis laat vermuffen.' Nadat hij dit had gezegd stak hij de grote ronde knop van zijn rotting in de mond alsof hij zichzelf wilde beletten om nog meer te zeggen.

Het meisje drukte zich nog dichter tegen de oude boekhandelaar aan en een van zijn grote handen beknuffelend zei ze: 'Toe, oude Ran, hij is mijn vriend en ik lijd er aan dat hij zo is, maar ik lijd er ook aan dat u eraan lijdt.'

'Jij denkt te veel,' schreeuwde Ran met waarlijke wanhoop in zijn stem.

'Ik denk niet,' zei het meisje, 'ik hou er niet van om te denken.'

'Dat is het juist!' riep ik terwijl ik met de vuist op de leuning sloeg van mijn stoel, 'dat trekt jongens aan! Je moet ze fermer afwijzen, dat heb ik graag. Komt er iemand op je tafeltje toe, zorg dan dat je handen altijd met wat bezig zijn, een stille of rustende hand is een gevaarlijk ding, vertel mij wat, en brengt zeker op kwade gedachten. Zeg tegen zo'n knaap dat zijn haar goed gekapt is, ook als dat niet zo is, dat schrikt af en zeg ook dat hij zo lekker ruikt, dat werkt in dezelfde richting. Je moet nog veel leren kind. Zeg ook dat je zo van je vader houdt, of beter nog je grootvader en dat je graag alleen lange wandelingen maakt. Vergeet niet te vermelden dat je Tolstoi leest, dat kan geen kwaad.'

Ik weet niet wat Ran hierin beluisterde, maar hij draaide zich naar haar toe terwijl zijn ogen groot en donker werden, zijn hoofd werd op de een of andere manier ook smaller, terwijl hij zijn wangen inzoog en tegelijk zijn mond vochtig naar voren stulpte. Zo toegerust bewreef hij haar blote onderarm, de sybariet. Zelden zag ik afschuwlijker schouwspel, vreesde zelfs een ogenblik dat hij Schubert zou gaan zingen. Ook zag hij waarachtig nog kans zijn armen lang, mager en stakig te maken of hij daarmee zijn hele ziel aanbood. Hij had daartoe ook wel reden want het meisje had hem moeiteloos verlaten en was naar de verachtende laarzenpoetser toe gegaan, gehuppeld mag ik wel zeggen, maar die liet zich daardoor niet weerhouden de kamer uit te lopen. In de open deur draaide hij zich nog om en zei met neergetrokken mondhoeken: ''t Is om verveelziek van te worden!' en sloeg daarna de deur achter zich dicht.

Nauwelijks echter dicht of zij ging alweer open en een vreemd personaadje verscheen, en wel zo snel dat het was of de een of andere poppenspeler zijn 'troupe' presenteerde.

Hij was klein, in zijn grote hoofd bevonden zich twee kleine, levendige oogjes, zijn neus was afgeplat, de mond gevormd als die van een kikker. Hij had lange armen, korte benen en stompe vingers, kortom een Himalaja van lelijkheid. Hij rukte zich de grote ronde hoed van het hoofd zodat dit goed zichtbaar werd en liet zich zo met een boosaardig genoegen bekijken. De tronie werd vooral gevormd door een snelle afwisseling van ongunstige uitdrukkingen: afgunstig, dubbelzinnig, onbetrouwbaar en dat alles gemelijk, grijnzend, grauwend en snauwend. Het leven overigens zou dit leven niet zijn als het niet de gelegenheid had benut deze gestalte als vermomming te doen dienen van een nog kwaadaardiger karakter, namelijk dat van de heer Kwik. Als zodanig stelde het heerschap zich aan mij voor, licht loensend en zonder een hand uit te strekken, maar voor dit plaatsvond had hij, ogenblikkelijk na zijn binnenkomst, al op mij gewezen met een korte, brede wijsvinger en gesnerpt: 'Wie is dat!?'

'Een heer die achter Chrisje aan zit,' zei oude Ran vergoelijkend, 'en die zijn er wel meer,' voegde hij er somber aan toe, waarna hij een flinke slurp bouillon nam als om zich tegen dit alles te sterken.

'Foei toch oude Ran,' zei het meisje, dat opeens, en zo te zien ongeschokt, bij de deur stond en zij lachte tegelijk allerliefst in mijn richting...

'Ik ben hier gekomen,' zei Kwik, Agesilaus Kwik naar ik me herinner, 'in de vooronderstelling dat Ran in een goede stemming zou zijn, om hem dan als het zo uitkwam een woordje in het oor te fluisteren.'

'En wat mag dat dan wel zijn?' vroeg ik, niet zozeer uit nieuwsgierigheid naar wat deze in zijn morsige handen wrijvende lelijkerd bezielde als wel om mee te steppen in het gesprek en niet geheel teloor te gaan onder nieuwkomers.

'Als ik dat zei dan hoefde ik niet te fluisteren,' zei Kwik, 'maar u heeft gelijk, iedere fluisteraar hoopt natuurlijk dat er zal worden teruggefluisterd, dat is zijn doel. Zo heeft oude Ran hier een geheim en dat ergert me, ik wil weten wat het is en ik zal het ook weten want ik ben Kwik. Ik heb hem goud gegeven en in zijn ogen gezien daarbij. Hij was er niet blij mee, dus is hij rijk en heeft geld onder zijn hemmetje of hij is bang voor mijn geschenken, of beide. Ik weet niet waar hij het heeft geborgen. Het was goed geld maar het heeft geen sporen nagelaten.'

'Een woord in vertrouwen meneer,' zei Ran, zich naar mij overbuigend, 'alles is om harentwil. Ik heb, zoals u misschien wel weet, de diepste armoede geleden, op de markt waren mijn boeken te geef maar ik raakte ze aan de straatstenen niet kwijt. Dat lijden wil ik haar besparen, haar buiten het bereik van gebrek houden en daarom moet zij rijk zijn. Niet genoeg hebben, dat is te weinig maar rijk zijn, dat is pas veilig... U begrijpt mij beslist wel.'

Uit ademnood kon ik hem hierop geen antwoord geven, want van dichtbij stonk de oude Ran onversneden naar oude mannen en dat is naar een mengsel van uien, paardepoep, ammoniak en oude worst, wat mij gedwongen had gedurende zijn betoog de adem in te houden.

'Maar grootmoedertje heeft alles gehoord,' zong Kwik zachtjes, die plomp en zwart midden in de kamer stond en traag gebaarde met zijn korte handen als zocht hij de weg in inktzwarte duisternis. 'Dit kind was van een luchtige en onschuldige aard, als zuigeling draaide ze al met de ogen op een zonderlinge wijze. Ik heb zo mijn inlichtingen. Toen de kleine groter werd hoorde ze de vrouw die ze moeder noemde over niets anders praten dan over de rijke dames uit de binnenstad die de geliefden waren geweest van edelen zoals de Heer van Cocaigne en die van Uilenstede. Die vrouw dacht in grote frisuren, beeltenissen in medaillons en ontblote schouders. Daarom wilde zij als beroep zo'n dame zijn, als men mij hierin wil volgen. Toen zij tien jaar was nam de jonkheer van Nigra Nigra haar al op zijn schoot en fluisterde haar in het oor: "Ahh, ma petite ingénue..."'

De oude Ran liet het hoofd in de grote rode handen zakken en schokschouderde, een schouwspel dat mij zo ergerde dat ik bits aan de verteller vroeg: 'En wat heeft dat alles te beduiden?!'

'Een lange inleiding,' zei Kwik, 'een korte afsluiting en daartussen de donkere boog van het raadsel. Zo wil Kwik dat.'

Daar ik bij dit alles toch weer dicht in de buurt was geraakt van de oude Ran voelde ik plotseling zijn hand op mijn arm. Ik zag zijn strakke, angstige blik en de ontroering die op zijn gezicht te lezen was vervulde mij met verbazing. Hij behoorde ongetwijfeld tot het soort lagere wezens dat een schrapend karakter in zich omdraagt, er lustig bij vuilbekt tot het zijn vuns doel heeft bereikt en verder alleen nog maar uit vrees bestaat dat alles zal worden afgepakt.

'Ik zal voor een schuur vol raadselen zorgen,' weende Ran, 'we zullen elkaar alleen nog maar aankijken en de hele wereld buitensluiten...'

Een kist met goudstukken is nog geen garantie voor poëzie klaarblijkelijk, daarbij was Chrisje, zoals ik haar voor mijzelf steeds meer bij name durfde noemen, ook nog geheel afwezig in de kamer. Kwik was eveneens verdwenen, de plaats waar hij had gestaan in het zwakke licht vreemd en verlaten. Na een poosje stond ook oude Ran op, moeizaam en weer even doorzakkend als met een buiging naar het publiek. Hij trok een bruine haren jas aan, trok een wollen muts over het kalende hoofd en slofte weg. Ondanks het late uur hoorde ik de voordeur dichtslaan. Wat later was het huis stil en iedereen verdwenen. De oude held sloeg op zijn schild en de vensters van het paleis doofden een voor een, van de laagste tot uiteindelijk dat in de torenkamer. Om het paleis verduisterden de stegen en verdwenen in het donker, de hele stad trok zich terug, hier en daar nog wat zwaarden en schilden of een helm maar alles dovend, dovend. Van de stad was haast niets meer te onderscheiden, wel klonk er nog een zacht rumoeren als van een verre werkplaats, tot ook dit wegstierf. Ik stelde mij voor hoe het zou zijn als nu een zacht en doorzichtig kraken zou zorgen voor ijsbloemen in alle vensters. Zo had de wondere nacht mij in zijn greep.

❀

Wat mijn hulp betreft had ik het getroffen, zij zorgde voor mij op een manier die ik nooit had verwacht maar steeds weer herkende. Om mij niet goed bekende redenen noemde ik haar vrouw, eerst natuurlijk alleen voor mijzelf maar later geheel vrij en frank tegen haar, en bezwaar heeft ze er nooit tegen gemaakt. Soms aan het eind van de dag, als ik de zwaarte voelde hangen van de avond en de nacht, vroeg ik wel eens of ze wilde blijven. Dat gaf nooit moeilijkheden en een enkele keer van die enkele malen kroop ik 's nachts ook wel eens bij haar en weet nu nog niet of het mompelen dat dan ontstond een teken was van instemming of van ergernis.

Wie weet waren het bezweringen, dat laatste was niet onmogelijk, de nacht was altijd al mijn vijand, aan angstdromen geen gebrek: donkerste huizen, ondoorzichtige trappenhuizen, lege gangen van waaruit ik werd bekeken. Als jongen probeerde ik een keer mijn mond dicht te plakken om maar niet hoorbaar te gillen bij het dromen, vanwege alle gevolgen daarvan. Mijn nachtelijke bezoeken vonden dan ook altijd plaats in deze donkere gebieden en droegen daar ook de sporen van, zo was ze wel beschikbaar maar vaak aan het eind, in het zwart, met een nachtkap en een half gezicht. Haar antwoorden waren kort maar geruststellend; 'ga je niet weg?' vroeg ik en zij antwoordde 'bind mij maar met een touw aan het bed vast, mijn kasserol' en viel tegelijk in slaap.

Alles in huis was proper en op stapels, onderbroeken, sokken en dat is niet mis, en wat zij aan etenswaren aanraakte was voor mij niet onrein en dat is bij mij ook heel bijzonder. Zou ik mijn bezwaren tegen haar optellen dan kwam ik niet ver. Soms was ze een paar weken ervan tussen en dat was beroerd, een tijdelijke hulp is niets voor mij, als ik mij eenmaal opgesteld heb als wie ik werkelijk ben dan is de tijdelijke hulp alweer vertrokken om het allemaal te gaan vertellen.

Ze neuriede onder het opdienen of mompelde 'ach mijn zoontje, eet toch je soepje, dan heb je alles wat je aan mij zo bevalt'. Steeds meende ik dat ook te herkennen als het gemompel in de nacht. Uit haar soepjes stegen de geuren op van soepblokjes, handige blikjes en zakjes uit de winkel maar ze waren door haar handen gegaan, en ik ben er niet ver mis in dat de man buiten het venster die 's nachts aan het raam krabbelt en wiens neus over de grond sleept niet het hart heeft binnen te komen. Een keer versprak ik mij en zei haar dat ze voor de toekomst geen angst hoefde te hebben daar ik voor haar zou zorgen: een zak cokes om de winter door te komen, een zij spek en wat briketten en iedere dag een pan soep. Ik zei het op een moment dat ik vreesde dat haar gedachten zich gingen bezighouden met pensioen, erfenis, rente op rente en dat soort zaken. Zij achtte het geen teken van een al dementerend en okkernootbruin brein maar begreep precies waar het vandaan kwam, Dik Trom! Ach begrip, begrip...

Ik had mijn hulp leren kennen toen ik door de stad liep, het was mooi weer en ik dwaalde maar wat. Ze stond aan het water van de Hofvijver en keek naar de overkant of naar het eilandje. Ze deed mij aan iemand denken maar ik wist niet aan wie, het was echter hetzelfde gelaat, dezelfde ogen, dezelfde gestalte. Geen twijfel mogelijk, zij was het. Heimelijk sloop ik weg.

Later zag ik haar weer in de duinen, ze daalde een heuveltje af op weg naar het pad waar ik stond en plukte intussen zo hier en daar een braampje. Toen keek ze op en zag mij staan, zogenaamd toevallig maar ik wist, dat kon allemaal geen toeval zijn.

'Wilt u een braampje,' vroeg ze en ze lachte verlegen.

'Nu niet,' zei ik, 'dat is mij te zuur op een lege maag.'

'Heeft u dan nog niets gegeten?' vroeg ze verbaasd.

'Nee,' zei ik, 'ik was droevig vanmorgen en voelde er meer voor over die paden te lopen waarover ik vroeger ook liep als ik spijbelde, de zogenaamde koele paden. Misschien kunt u mij iets te eten geven.'

'Kleine moeite,' zei ze, 'ik woon daar in de Pluvierstraat. Als u mij daar zondags ziet ben ik in klederdracht, u weet wel, met dat stukje blote nek.'

Ze woonde in een bovenhuis, vlakbij. Uit het raam kon ik mijn vroegere school zien en ik schonk mij het genoegen daarover uit te kijken terwijl zij in de keuken de griesmeelpap klaarmaakte.

'Woont u hier alleen?' vroeg ik toen ze met het pannetje binnenkwam.

'Nee,' zei ze, 'mijn man is een huisschilder, tenminste dat zegt ie.'

Ze zette een bord voor me neer en vulde dat met griesmeelpap, een godenspijs, zo'n heerlijke pap had ik nog nooit gegeten en terwijl ik braaf zo zat te lepelen overwoog ik of daar niet een vrouw uit een sprookje naar mij stond te kijken: duinen... pap... bessen...

Daarom vroeg ik haar: 'Waar komt u vandaan?' Ze keek me verbaasd aan en zei: 'Dat weet ik niet. Ik lag naar het schijnt in bewusteloze toestand langs de weg, ergens bij de Bataaf. Sindsdien woon ik hier. Ik herinner me niet waar ik voor die tijd was.' Ze keek afwezig uit het raam, een bleke zon stond boven de huizen en plotseling druppelden tranen uit haar ogen. 'Blijf vannacht,' zei ze, 'dan zal ik pudding maken.'

'Bent u bang 's nachts alleen te zijn?' vroeg ik.

'Nee,' zei ze, 'maar ik weet ervan. Als het donker is dan is het daar in dat schooltje niet pluis, 't is al stenen en klagen. Ik zit er de hele nacht voor op.'

'Goed,' zei ik, 'ik blijf vannacht.'

Het was een mooie nacht. 'Wat een verrukkelijk maanlicht,' zei ze terwijl er toch maar een iel sikkeltje aan de hemel stond. Ik zat verwonderd rechtop en keek voor mij uit, dat iemand niet wist wie ze was ging mijn voorstellingsvermogen te boven. Dat was ongetwijfeld de macht van een toverformule.

Toen de dageraad aanbrak nam ik afscheid al kwam mijn hart ertegen in opstand om een vrouw alleen alleen te laten.

Zo verstreken enige weken, ik bezocht haar, ze was een werkster zo bleek en dat is iets waarover de glans hangt van de dienstmaagd. Soms in de nacht hoorde ik haar rommelen en hummen in de keuken. Wat ze daar uitspookte op dat uur was mij een raadsel maar de zang was niet die van een sterveling op aarde. Het was de oerzang des levens zoals die alleen nog maar op zomermiddagen wordt gehoord in de buurt van de Bataaf, of in dat prachtige bos daar omheen. Het was de zang voor de verdwaalde en verdoolde die ernaar luisterde in de oneindigheid van een fris en goed opgemaakt bed.

❁

Tussen de middag en dat wil zeggen op een voor mijn gestel zeer slecht uur wandelde ik door mijn buurt. Een nette buurt, dat wel, maar van een wurgende geestdodendheid: eenvormig, fantasieloos, vaal, flets, betongrijs en druk. Ik bekeek de stoplichten, de wachtenden bij de stoplichten, de naden tussen de trottoirtegels, de onvermijdelijke winkel met sanitair, de lampenwinkel, het kleine reisbureautje met aanbiedingen van een blauwwitte wereld die het verlengstuk is van mijn buurt, stond ten slotte stil voor een bijkantoor van de posterijen en bezag daar de diverse spaarmogelijkheden.

Eigenlijk zocht ik een woord voor mijn buurt maar kwam niet verder dan Schil en Cappedoze, ik weet echter niet waarom maar het woord leek mij toch niet het geheel van de buurt te vatten, te zwijgzaam over het uitsterven van koetsen en cocottes en de opstanding der doden. Rondzoekend in mijn hoofd overwoog ik dat het genie waarover men, als alles meezit, mag beschikken eenvoudig een aangeboren zaak is. Zo eenvoudig is dat echter niet, want het is mogelijk het geniale totaal te missen maar er toch weet van te hebben en dat laatste op een smartelijke wijze. Dat deed mij denken aan de dagloner waarover mijn vader mij vertelde. Het was na de grote oorlog en hoewel de man altijd redelijk was geweest en vlijtig begon hij zich in te beelden dat in het park granaten lagen. Ieder vrij uurtje besteedde hij om de bomenlanen af te speuren, onder de struiken rond te kruipen, her en der de grond af te kloppen of om te woelen. Alle kiezel en kwarts keerde hij om en om en bekeek ze nauwkeurig. Natuurlijk zag men in hem een verdwaasde, maar op een dag vond hij in een donker gangetje, zoals dat in ieder goed park wel is aan te treffen, een tas volgepropt met geld en verder nog enkele papieren erin waaruit bleek wie de eigenaar was. Dit stelde hem in staat de tas aan de rechtmatige bezitter terug te geven en deze bedankte hem en prees hem om zijn eerlijkheid. Het wonderlijke was dat na deze vondst zijn zoekdrift verdween, zelfs zo alsof ze er nooit was geweest. Het was een verhaal waarvan de oplossing zo dichtbij lag dat je er de hand naar kon uitstrekken, maar nochtans ontsnapte. Zozeer was ik daar al drentelend door mijn buurt in verdiept geraakt dat ik, met de hand werkelijk uitgestrekt, opkijkend de weg kwijt was. Ik wist in het geheel niet waar ik was en zelden zag ik woonblokken vreemder, killer, kouder en afgewender oprijzen. Ik schrok alsof ik mijn eigen dode gezicht zag, wild keek ik om mij heen maar daar was ze, mijn hulp, op het allerlaatste moment. 'Waar bleef je nou!' beet ik haar woedend toe en zag alles zich om haar heen ordenen, zelfs ongestoord door een antwoord...

❀

Agesilaus Kwik was bij al wat hij was vooral een boosaardig man, dat was moeilijk direct aan te wijzen maar het zat in zijn activiteiten als poppenspeler, in het smokkelen van sigaren, het lenen van gelden aan matrozen, het geven van adviezen zoals kunstgrepen en slinkse loopjes. Katten klommen in de hoogste boom als hij aankwam, iedere hond die zijn stap hoorde zocht naar een heg en de vogels wisten van de stenen in zijn broekzak. Hij bezat een klein werfje aan de Haringkade maar dat was een dood watertje geworden dat geen rimpels meer trok. Verveling hing over dat kleine terrein maar ook boosaardigheid. Dat laatste sprak duidelijk uit het gedrag van de jongen die daar op de spullen lette en die de hele dag steentjes in het water gooide, die dan stiekem wegzonken zonder ook maar een enkel spoor na te laten. Wonen deed Kwik in de Keizerstraat, boven een meubelwinkel waarin hij ook wat geld had gestoken. In de steegjes die vlak bij de winkel uitkwamen melkte hij nog wat huisjes.

Op een middag zaten in huize Kwik enkele dames bij elkaar in de huiskamer, het was een kringetje dat er een wat betreft de gastvrouw roulerende theevisite op nahield en op de betreffende middag was de beurt aan mevrouw Kwik. Het was een klein dun dametje, de kleur van haar gelaat was vaalbleek, haar stem was bedeesd. Zij droeg een groene japon, in kleur zwemend naar het gordijn voor 't raam, die tot aan de kin was dichtgeknoopt.

Deze gastvrouw bezat elke keer weer het zo intrigerende servies, alles wat ze uitstalde was van zwaar zilver of van het dunste porselein. Vooral het bonbonschaaltje was een pronkjuweel dat steeds weer opnieuw kreetjes van bewondering losmaakte. Het intrigerende was echter dat niets bij elkaar paste en alles van elkaar verschilde op een haast ruwe wijze, zelfs zo dat het er veel van weg had dat een snelle en aalgladde hand zo hier en daar zijn slag had geslagen. Het zwaarst woog in dezen de suikertang en die ging dan ook elke visite weer zwijgend van hand tot hand.

Dit servies bepaalde het gesprek ongedwongen tot de heer Kwik, want dat was tenslotte een poppenspeler die met zijn poppen optrad in de betere huizen, zoals die op het Alexanderplein of in de Javastraat. Daar de kit van een geslaagde visite bestaat in het offeren van een afwezige was deze keer dus dubbel en dwars Agesilaus aan de beurt, wat ook in geen enkel opzicht op tegenwerpingen stuitte van de echtgenote, daar deze van haar gemaal niet uitgesproken maar niettemin zwaar had te lijden.

Dat was de algemene klacht, Kwiks boosaardigheid. Zo zei de schoonmoeder van Agesilaus dat ze elke keer weer opnieuw verstarde als hij haar naam maar uitsprak: 'Cor!' ...want daarin waren alle akelige nuances opgenomen, van de scherpe terechtwijzing tot en met het naakte knallen van de zweep. Mevrouw Kwik, een ware meesteres in allusies, vertelde over zijn goede gezondheid, maar dan op een manier waarin veel schaamte, ruw toegebracht leed en korte nachtelijke vingers een grote rol speelden. Verder waren er ook altijd nog de door Kwik voortdurend levend gehouden angsten dat de meubelwinkel werd vervangen door een kleine begrafenisonderneming. Dat was een angstvisioen waarin het op de straat gezet worden van de meubelvrouw zich wonderlijk vermengde met rouwkoetsen en opgebaarde lieden vlak onder de vloer. Na deze ronde gleed het gesprek onder kleine slurpjes af naar het poppenspel, waarvan mevrouw Kwik een anekdote vertelde waarover een vreemd licht hing dat al het gezegde alleen maar versterkte. Kwik maakte ook poppen, uit hout, gummi en gips, figuren die even vreemd in elkaar staken als Kwik zelf, met gezichten die er niet om logen. Dat kwam doordat ze zo uitzonderlijk roerloos waren in de kist, maar ook door iets daarachter, zo alsof hun opeens iets te binnen kon schieten of dat ze iets in haar zagen als ze het deksel optilde dat hen deed verstarren.

Er waren gezichten bij die eruitzagen of ze zichzelf waren vergeten, zich als het ware aan hun binnenkant uit de voeten hadden gemaakt. Natuurlijk had Kwik ook zijn eigen poppenkast gemaakt, een papierdunne met latten om reden van vervoer, waar het licht doorheen straalde als bij een lampion, alles om de mensen maar om de tuin te leiden. De poppen spraken alle mogelijke talen, ook die van de dieren. Kwik had dat van een oude man geleerd toen hij op zoek was geweest naar een geloofwaardige mensenvreter. Het rondkijken bij die oude knorrepot had hem veel vreugde gegeven, de poppen die hij zag waren allemaal saggerijnig geworden omdat niemand hen meer wilde zien.

Veel dozen waren leeg geweest, in elkaar gedrukt, want niemand interesseerde zich meer voor wijsheid, moraal of Keizer Barbarossa. In zijn ogen, had de oude gezegd, waren poppen slimmer dan mensen, want zij gaven de mens niets dan vreugde door hun daden en waren daarom goed te gebruiken bij de behandeling van zenuwlijders. Hij vertelde hoe hij een keer met zijn 'troupe' was opgetreden voor een stervende jongen. Hij voerde Keizer Barbarossa op die de Turken overwon en hij sloeg armen en benen af, stak ogen uit en hakte koppen in stukken die hij uit de kast wierp. Daar openden zich de ogen van de knaap zeer wijd, allen om het bed zagen iets van een lachje verschijnen en wisten dat hij buiten gevaar was en niet zou sterven.

Toen, maar niet eerder, bemerkte de visite dat Agesilaus Kwik zelf ook in de kamer was, op de bank, en met de grootste oplettendheid luisterde.

'Gaat uw gang dames,' zei hij, 'of zal ik iets lekkers laten halen.'

'Het is geheel toevallig,' stotterde mevrouw Kwik, 'geheel toevallig...'

'Des te beter,' zei Agesilaus.

'Er steekt geen kwaad in een theevisite,' zei de meubelvrouw.

'Iets lekkers,' zei Kwik, 'ik denk aan een kreeftesla, in verband met mijn lieve schoonmoeder. Waar Cor!...'

'Welzeker,' zei deze, 'maar 't is zwaar te verteren.'

'U ziet eruit of u zich niet wel voelt,' zei Kwik tegen de meubelvrouw.

'Ik ga als het mij belieft,' zei deze terwijl ze opstond, 'en niet anders.'

Toen de dames weg waren hield mevrouw Kwik de ogen naar de grond gericht.

'Vrouw,' zei Kwik.

'Ja Kwik.'

'Als ik die wijven hier weer tref, zal ik u bijten.'

Dat klonk niet al te vriendelijk, maar de boosaardigheid zat toch 't meest in dat plotseling verschijnen op de bank en in de grijns van genoegen daarover.

❀

Ook de manier waarop Kwik at was niet zonder boosheid, want okkernoten, sinaasappelen en bananen vermorzelde hij tussen zijn sterke en gele tanden. Vis vrat hij met de schubben erbij, beet putten in zijn lepel en slurpte zijn melk kokend heet. Maar het moet gezegd dat een ingevallen mosselmondje waarin blauwige kleine stompjes ook heel goed op kwaadaardigheid kan wijzen, zoals de heer Van Dokkum, hoofd van de school in de Paulus Buijsstraat, mij voorrekende, maar mogelijk glijdt hier het vooroordeel voor ons uit als een schaduw, zo als gingen we met de zon in de rug.

Ook dook Kwik vaak achter zijn vrouw op als zij in de spiegel keek, grimaste dan op een angstaanjagende en verkillende wijze, om echter als zij zich, de adem van schrik inzuigend, omdraaide haar zijn innigste en tederste gelaat te tonen, waarin hij telkens weer miraculeus slaagde. Het waren pogingen om zijn vrouw gek te maken en vaak zat deze dan ook een hele nacht op de bedderand van haar moeder, die er overigens rustig om verder snurkte, of anders zwijgend voor het raam van de slaapkamer terwijl Kwik verder sliep met een oog open. Eerlijkheid dwingt mij hier te vermelden dat ook Kwik zijn doorwaakte nachten kende, maar dat waren zijn slechtste niet. Dan zat hij met een sigaar op de bank, een fles wijn onder handbereik en staarde al rokend voor zich uit, onderwijl zich amuserend met zijn boosaardigheid. Hele gesprekken hield hij met een denkbeeldige rotgenoot waartegen hij alles kon zeggen en die precies terugzei wat Kwik wilde.

Ik zeg je, oreerde hij, dat ik een mens ben die een zeer ongeregeld leven leidt. Ik voel mij in wezen en werken een goochelaar. Hierbij aan godsvrucht te denken is mij haast onmogelijk. Ik moet springen, mij krommen en spelen en ik moet daarbij in de handen kunnen klappen, met de ogen schitteren, mijn benen verdraaien en het hoofd schudden. Hoe kan ik daarbij ook nog godvruchtig zijn?...

Heb je dan helemaal geen geloof, nurkse schavuit!

Luister, ik geloof dat ik heel goed mijn eigen boontjes kan doppen en als Hij die mij heeft geschapen wat beters weet dan moet Hij zijn gang maar gaan. Ik heb ondertussen ook wat beters te doen.

Dan grinnikte Kwik en staarde voor zich uit over zijn stompje sigaar, maar veel bijzonders was dit allemaal niet. Wel bijzonder was dat Kwik soms vergat te roken en wat voor zich uitkeek als een idioot. Zijn gezicht zakte dan uit tot een dom gezicht maar met dat gezicht was hij een fluitspeler en ook de halsafsnijder Kwik, die heel slim soldaat was in twee elkaar bestrijdende legers en daar wel bij voer. Ook was hij tegelijkertijd een rover die buiten de stad godvruchtige pelgrims uit elkaar haalde. Een tijd lang was hij monnik geweest in een kloostertje in de woestijn, waarna hij in zichzelf weer opdook met een schoenzwarte bijzit die hij gedwongen had zich te hullen in het vel van een der heremieten in het klooster. Deze vrouw verkocht hij naakt aan een verdacht huis, zwierf nog lang daarna door de stad en poetste met het vel van de heremiet de mest en de modder van de laarzen der hoge heren. Hij schminkte zich daarbij schaamteloos de wangen en schilderde zich wenkbrauwen als ware hij een persoon van het andere geslacht. Hij was door dit alles echter wel in het bezit geraakt van een kleine goudschat, die hem in staat stelde om mensen te dwingen dingen te doen die hij graag wilde.

Soms sukkelde hij helemaal weg en riep dan vreemde dingen, zoals 'jij bent mijn vrouw, ik zal je doodslaan. Kom hier'.

Vreemd was dat Kwik van het meeste zelf niet wist, volgens hem zat hij gewoon op de bank, rookte zijn sigaartje en bedacht treiterijtjes voor zijn vrouw. Soms liet hij haar de hele nacht opzitten tegenover hem, doodziek van de slaap, maar zo bang dat ze het niet waagde hem te vragen naar bed te mogen gaan.

❁

Mijn hulp is natuurlijk geen echte heks maar zij heeft heksachtige trekken, zo kan zij mij dwingen om een hele dag aan haar te denken, en als ik aan het eind van zo'n dag dan thuiskom dan opent ze de deur met een zeer speciale glimlach. In deze zin vertoont ze trekjes van de tovenares, de soldatenmoeder, de wasvrouw en de koningin. Dat zij ook de kaart legt en de hand leest werd mij duidelijk toen ik merkte dat ze iedereen die ik kende ook kende: mijn ouders, maar ook oom Heine en oom Ko. Zelfs Kees van der Plank, die werd overreden en met kleren en al moest worden begraven. Zij praat erover en ik herinner me en het wordt me vreemd te moede als ik haar hand zie rusten op de rand van de afwasteil en zoveel onder het bereik weet van deze hand.

Soms hoor ik haar neuriën in de keuken als ze daar naar oud gebruik een kip slacht, dat maakt licht in het hoofd en doet aan de dood denken, zoals in de winter als bij het sneeuwen alles stilstaat. Al naar gelang haar luimen ruikt ze naar gedroogde appeltjes of naar verbrand papier waarin het sniffelen van de draak is bewaard. Belangrijk is hier dat ze geen zoon heeft, dat schept ruimte en spaart substantie, wat te ingewikkeld is om uit te leggen.

Plotseling kan ze waarschuwend vermageren, haar wangen vallen dan in, de mond zakt clownesk naar binnen, aan de slapen ontstaan holten, de ogen zinken weg en de onderkaak is een dunne gebogen spang waarover strak vel. Dan is ze het 'goede' vrouwtje uit Friesland dat vol mededogen rondgaat tussen hen die hulpeloos zijn, afhankelijk, geheel prooi en totaal overgeleverd. Dan is ze de goede buur, die liefdevol prevelend het papje met gif naar binnen lepelt en er daarbij uitziet als de dood zelf. Voor het rad ben je te stijf lieverd, fluistert ze dan en hangen is toch ook niks met al die wind die maar doet draaien en schommelen tot je er naar van wordt. Rattenpoeder vind ikzelf wat te bitter en doet maar kotsen en schuimen en je krijgt de vlekken niet meer uit het beddegoed. Laat mij maar begaan. 'Grootmoedertje,' zeg ik dan aan de afwas, 'wat heb je toch een grote voeten.'

'Ik kom uit een dorp,' zegt ze, 'de muren omsluiten duizend man maar allen zijn met mij verwant. Nooit ben ik zonder kommer, ik snurk, ik zucht, maar slapen doe ik niet. Je moet trouwens beter afdrogen.'

Aan haar vertelde ik mijn zorgen, mijn groeiende genegenheid voor Chrisje en wat daarmee te doen.

'Er was een stadje toen,' zei ze, 'een vlek meer, op de dijk bij Souburg, en daar had je grootvader, die welke zich had laten pensioneren van de Spoorwegen, een huisje aan de dijk. Onder aan de dijk was de tuin, te bereiken met een Chinees trapje. Je grootvader ging in het zwart, in de zomer soms alleen in zijn vest met van die gepofte mouwen bij de schouder door de armelastiekjes. Die zomerdag bleef als een lichtend punt in zijn herinnering: lichtvlekken op het gras, geen wolkje aan de lucht en geen zee te zien want die lag aan de andere kant van de dijk. Grootvader nam zijn kleindochter bij de hand de trap af naar de schommel en wilde haar daarop zetten. "Nee," riep ze, "dat kan ik zelf."

Je grootvader zag hoe haar schoenen in het zonlicht verdwenen maar het ging haar niet hoog genoeg. Tot haar voeten de takken raakten, een vogel fladderde verwilderd in de zon die ze uit elkaar had getrapt en overal rolden en ploften de pruimen in het gras.

"Wat is dat!" riep je grootvader.

"Dat was de kip Iris," zei ze, "die werd bang."

Je grootvader hield de schommel stil en ze raapten wat vruchten op.

"Zie, de kip heeft je getrakteerd," zei je grootvader.

"Nee," zei ze langzaam, "jou."

Op dat ogenblik kwam ook je overgrootvader in de tuin. "Kijk goed uit," zei hij, "anders raak je haar nooit meer kwijt."

De volgende dag reisde je grootvader af, maar die zomerdag stond als een hel punt in zijn herinnering.

Jaren later toen Cathalijne trouwde kwam de dag weer terug, zoals ze daar zat toen in de tuin. Je overgrootvader was gestorven, je grootvader was er nog wel maar hij wilde de bruid niet kussen. Het waren stille tijden, alle dienstmeisjes heetten toen nog Leuntje of Geertje. Wel kwam hij op eigen kracht het Chinese trapje af maar hij wilde haar niet kussen. Daarom heeft zij hem een zoen gegeven want, zei ze, grootvader is een fantast...'

Ik dacht even na en zei toen: 'Wat wilt u daar nou mee zeggen?' Mijn hulp zweeg, verdiepte zich in de afwasteil, keek om zich heen in het verantwoord ingerichte heden en zei toen: 'Ik zou het ook niet weten,' en het klonk of ze daar niet in 't minst verbaasd over was.

Ze maakte echter van de gelegenheid gebruik om mee te delen dat ze voor langere tijd weg moest, langer dan anders en daarom gaf ze mij nog enkele aanwijzingen.

'Luister,' zei ze, 'jij hebt afdwalende ogen en dat is het kenmerk van benijdenswaardige luisteraars. Ran is een lompenhandelaar, zijn trots is het nog aan de cloaak een paar stuivers te ontfutselen. Hij heeft je veel misdaan, ik weet het. Hij is staand, jij echter zittend groter, neem er dus de tijd voor. Kwik is een poppenspeler, kijk uit, ogen hebben hier oren. Hij doet veel stapjes in allerlei richtingen maar iedere stap is er eentje dichterbij. Voor een Satansrol is hij te klein, te onvrij ook, hem rest alleen nog de karikatuur. Olie is een schelletjetrekker, hij is opgebouwd uit wegrennende voetstappen, Knobbe, die je nog zult leren kennen, is een geveltoerist, dat wil zeggen alle ornamenten zijn hem welkom. Beiden zijn konkelaars. Chrisje, daar woont niet, zoals mijn moeder zaliger dat placht uit te drukken, zij is van voor gelijk van achter. Nog valt er te lezen bij het licht van haar boezem, spoedig echter krijgt ze hangborstjes en is het geld uit de beurs. Over jou maak ik mij zorgen, jij bent onverbiddelijk de mislukking toegedaan. Bedenk echter het lot van de poppen: gehavend liggen ze in de kist en staren indrukwekkend voor zich uit, niemand weet waar ze blijven. Alles is in de hand van de grote machten, de sterren, de goden, de grote koophuizen. Ikzelf leg mij daar niet bij neer, dat is mijn noodlot, vandaar mijn wapperende kleren, mijn sjaals en schouderdoeken. Vandaar mijn hoofddoek, het terugkeren op mijn schreden zonder reden, mijn zijsprongen in een portiek, mijn loopjes dan weer recht dan weer krom en de neus haaks of naar boven wijzend al naar de luimen van het moment. Wees niet verbaasd dat ik zo vaak afscheid nam om direct daarna weer in de kamer te staan. Dat is mijn gevecht, daarom neem ik nu afscheid maar weet niet wanneer ik er weer zal zijn. Ik voel de oren al spitsen in het firmament hier boven de flats, daarom nogmaals, weer u niet, zodat het uw vijand heug. Leen ieder 't oor maar geef weinigen uw woord. Hoor ieders mening doch bewaar uw oordeel. Leen niemand geld maar borg het ook van niemand. Wie leent, verliest den vriend vaak met de centen. Bovenal blijf uzelf trouw. Vaarwel, modjo!' Daarna hompelde ze weg, de handen drogend aan de vaatdoek, tikkend met de stok en, zo aan het hoofd te zien, alle kanten op kijkend.

Ze had me al eens eerder de raad gegeven dat mocht ze er weer eens van tussen gaan ik er het beste aan zou doen mij doornat te laten regenen bij winderig weer en eerst na uren dwalen door de stad en omgeving aan de bel te trekken van de winkel. Liefst zo aan het begin van de avond, omdat dan het eten bij Ran achter de rug was, en ik kon krijgen wat er over was zonder ieder ogenblik een antwoord te moeten geven met volle mond, iets waarvan ze wist dat ik het verafschuwde want echt eten is voor mij droom en sproke en staren in mijzelf, iets waarvoor een ander naar de kerk moet.

Eerst echter wilde ik mij meer inzicht en zekerheid verschaffen wat betreft Knobbe, de jongen die op de werf paste, zodat ik een paar maal de tocht ondernam naar de Haringkade. Diepere motieven moeten hier beslist een rol hebben gespeeld want het is een grijs gebied daar, een kleine kade van grauwe klinkers, wat onduidelijke en fletse huizen, links en rechts stapels hout, wat verspreid bandijzer, rottende tonnen en plukken gras, dat altijd en overal zijn kans ziet.

De Haringkade was het snijpunt van vele lijnen, waarin ten slotte het achterlaten de hoofdrol speelde. Dat trekt mij aan, deed dat al in mijn jeugd en ik heb heel wat stenen die het verder alleen moesten stellen en zonder uitzicht waren aangeraakt met tedere vingers.

Een scheve schuit op het droge, de klok van dood water en al wat er was in zichzelf verzonken, daaruit straalt voor mij sacraal licht. In vakantiesteden waren mij de vervallen huizen 't liefst, en ik heb nooit nagelaten in de zompigste stegen mijn opwachting te maken en restanten oude tijd mijn genegenheid te betuigen. Maar wat graag had ik ter plaatse een paar meditatieve momenten ingelast. Dat dit onmogelijk was zag ik in een enkele flits, dat is ervaring, en ik ben een in het verzinken zwaar verlittekend man. Zo herinner ik mij uit zeer veel nog een hofje dat zijn laatste fase was ingegaan en al bedekt was door een rouwfloers. Daar verdiepte ik mij in een tegel op een wijze waar Meester Eckehart nog even van zou hebben opgekeken en waar ik, na mij te hebben hersteld, de onvermijdelijke stoornis nog van wist te reconstrueren. Een man stapte zo maar uit de lucht, sloeg met een ijzeren staaf zo hard mogelijk op een omgekeerde ijzeren emmer en verdween daarna spoorloos.

Knobbe, die als oppasser fungeerde op de werf, betrok daar een eenzame voorpost, zijn gestalte was groot noch klein te noemen en ik mag wel zeggen dat hij zich met een zekere tersluiksheid tussen deze twee formaten had genesteld. Vanwege de omgeving had zijn huid een grauwe tint aangenomen zodat hij nog minder opviel. Ik kon deze tot in zijn fysiek afgedaalde slimmigheid wel waarderen en de rest stelde me dan ook niet teleur, daar ogen, neus en mond bijzonder klein waren uitgevallen. Een hoofd moet, wil het houvast geven, beschikken over sprekende ogen, een neus die voorop gaat en een mond die praat, hapt en fluit. Hier was de hele zaak onder de haarlijn in degeneratieve zin weg gefrommeld en niet veel zaaks. Grote lijnen konden hier wel worden vergeten, hoogstens kon hij worden ingezet voor kleinschalige fraude, de folij van wuft gestoei en wat rioolwerk in de voorsteden. Zijn uitmonstering gaf mij hierin gelijk, doorsnee louche: donker overhemd met gele das, getailleerd jasje, opgevulde schouders, smalle nauwsluitende broek met hoog opgetrokken kruis, wat hem in staat stelde snel over hekken te klimmen. Verder uiteraard puntige lakschoenen met lage hakken. Toch was de totaalkleur hier grijs, en het zou mij niet hebben verbaasd als hij iemand voor een paar cent in dienst had genomen om daar dan in tevreden rondlummelend sigaren bij te roken.

Ik beschrijf dit zo uitvoerig omdat Knobbe voor mij in mimiek en gebarentaal de buitenwereld vertegenwoordigde, die wereld van slimmerds, de hele satansmolen van handelsreizigers compleet met glimlach zo vet als haarolie. Ik had het gevoel in mijzelf op de tenen te staan en door mijn ogen naar buiten te kijken en wat ik zag dat zag ik, een plaats die een plaats was van vijandschap, van poliep, cycloop en glibber, van snorkende valets en kloterij. Dat is mijn tristitia en starend uit mijzelf was de onvermijdelijke vraag dan ook: waartoe dit alles? Op die vraag is natuurlijk geen antwoord maar wie haar niet stelt zo nu en dan is niet waard dat hij rechtop gaat.

Ten tijde dat ik hem leerde kennen had Knobbe een klein kraampje op de markt, een eigen kraampje, want oorspronkelijk stond hij daar in de kraam van Ran, die daar zelf nog wel toe in staat was maar overdag liever sliep. In dat kraampje deed Knobbe in een nogal bijzonder artikel, namelijk sigarestompen. Hij bezat een groot assortiment aan kostbare stompen, en wie eens een goede peuk wilde hebben kon daar aan zijn trekken komen. Manilla, Havanna, Vorstenlanden, Sumatra, Brazil, met band, al of niet verkoold, half verkoold, nog gaaf van mondstuk of flink aangekauwd. Een enkele keer zelfs met een nog ongeschonden bandje, vorstelijk uitgevoerd en in goud gezet, dat zijn bezitter beslist geen kwaad zou doen. Zeelui, zakenlieden, koetsiers, op alles was gerekend, meestal natuurlijk om de uiterlijke praal maar ook om de wondere geneugten die in een nog goede peuk zijn verborgen en die een enkele maal de trekken vertonen van een geheimleer waarbij de beste merken maar bleekjes afsteken. In de lijn van deze handel was Knobbe een veel geziene gast in de duurste hotels, waar hij de tonnetjes mocht nazoeken en afspraken had met kamermeisjes, wie hij voor een habbekrats de peuken afkocht. Met een vroegrijp maar niettemin fijn instinct had hij het toneelspel in de zakenwereld doorschouwd en wist hij dat een Havannastomp met licht aangebrand bandje meer kredietwaardigheid over het voetlicht bracht dan de vers aangestoken sigaar die maar al te duidelijk de poseur of de lakei aanwees.

Knobbe leidde zo op het oog een onbelast bestaan, maar dat was schijn, zwaar drukte op hem de last dat hij, hoewel nergens iets verdachts viel te bespeuren, met grote intensiteit werd bekeken door Kwik. Dat daar niets van viel te bekennen verhoogde deze indruk alleen maar, daar Kwik door Knobbe als zeer slim werd ingeschat. Ook storm, denderende regen of ijzige kou gaven in dezen geen opluchting, daar Kwik er maar al te zeer van moest zijn doordrongen dat Knobbe dan op zijn afwezigheid rekende en ervan tussen ging in eigen handel. Zo kwam het voor dat Kwik midden in een noodweer en alle vissers op zee diep in de moeilijkheden de deur opentrapte van de kajuit als de doodschrik zelf, en er dan om de teleurstelling van Knobbes triomfale aanwezigheid direct op los sloeg, waarbij laatstgenoemde zich overigens niet onbetuigd liet. Het is dan ook niet te veel gezegd dat deze voortdurende presentie van beiden voor elkaar een zonderling soort van gehechtheid vormde. Hoe die verder nog ontstaan en verdiept kon zijn door slagen, dreigementen, tartingen en beschimperij is moeilijk te doorgronden, maar zeker is dat Kwik zich door niemand anders zo zou hebben laten ringeloren als door Knobbe, en dat deze zich door niemand anders zo zou hebben laten afkloppen zonder zijn mes te trekken.

Knobbe was ook een scherp waarnemer, want eigen voordeel was zijn ochtend- en zijn avondgebed, zo had hij gezien van achter zijn sigarestompen hoe aan de overkant vier naast elkaar staande snoepkraampjes ongelijke kansen maakten. De eerste en de laatste stal verkopen het meest, daar de gehaaste marktbezoeker de eerste de beste gelegenheid aangrijpt en snel verder loopt, en de bedachtzame klant alle kraampjes wil beoordelen en weinig verschil ziend tussen de droppen en de zoetigheden genoegen neemt met de laatste kraam. Zo zag hij ook de invloed van de zon bij de koop, de geheimen in dit opzicht van het uur van de dag, het verschil in de dagen van de week qua handel, en legde hij zelfs verband tussen de helderheid der ventersstemmen en de aard van het weer. Hij kende de invloed van een in het verborgene brandende sigaar die nauwelijks zichtbare rook deed kringelen om de aanbieding. Ook stiet hij op raadselen, zoals bij beroepen waar men de duivel te slim af moest zijn als daar zijn de antiekhandel, de worstmakerij of het geldschieten, welker beoefenaren niettemin het makkelijkst te beduvelen waren wat betreft een goed stuk tabak.

Knobbe was mij even onbegrijpelijk als een stuk steen, er was zozeer niets in hem van een binnenkant dat hij mij fascineerde als een vreemd natuurverschijnsel. Uit een lege plek stroomde een niet te stuiten insektachtige, mechanische levensgier de wereld in, iets wat mij met een grote moeheid vervulde zodat ik er herhaaldelijk bij moest gaan zitten.

Uiteraard was de markt ook het perfecte terrein om zichzelf eens wat recreatie te gunnen. Het waren echter wel gecompliceerde excursies die daarvoor nodig waren: ze konden niet te uitgebreid zijn want Knobbe diende zijn kramen in het oog te houden en tegelijk zijn slachtoffer te bestuderen alvorens tot een snelle fouillering over te gaan en daarbij een scherp oog te hebben voor Kwik, die zich met zekerheid in de buurt schuilhield, alle trucs kende en hem zonder genade in de kraag zou grijpen en aan de politie overgeven om hiermee zijn reputatie als goed burger te onderbouwen.

Toch wist Knobbe nog aan zijn boze geest te ontsnappen en wel door zorgvuldig gezamelde kennis, een weten van hoe en wat. Het ondoorzichtige en bizarre zakenleven van Kwik was doorspekt met afspraken, en daarvan waren die op de lange termijn het moeilijkst af te zeggen of te veranderen. Van deze afspraken maakte Knobbe handig gebruik, hoe hij aan de benodigde kennis kwam was een kwestie van techniek, van sluip- en gluipwerk dat hem ten slotte in staat stelde een agenda door te bladeren. Kwik had daar natuurlijk een vermoeden van, wat weer leidde tot allerhand rollebollerij, iets wat Knobbe kon voorspellen en daardoor toch nog gedeeltelijk in de hand houden. Op deze 'ontsnappingstijden' verliet Knobbe opgewekt zijn 'schip op 't droge' en ging dan steevast naar het Viscafé, een naam waarvan de eigenaar al zo vaak de P op het raam had moeten wegvegen, -wassen of -krabben dat hij zich er uiteindelijk maar bij had neergelegd. Ruw volk in een decor van zeil, teertouw en gebutst hout. Onvoorspelbaar volk als er jenever bij kwam, dat de ene keer vrijgeefs was en je de andere keer uit het raam gooide om nog nader te verzinnen redenen. Knobbe schatte zijn kansen zorgvuldig in, de meest betrouwbare matrozen waren die welke zelf de meeste beroerdigheid hadden meegemaakt, ze waren herkenbaar omdat ze al hun hebben en houwen onder de pet hadden gestouwd: een stompje potlood, de een of andere foto, een zakmes, wat geld en dergelijke zaken. Was daartussen ook een pijpje dan trakteerde Knobbe op een dikke stomp, die hij ook nog in kleine plakjes sneed. Als dat goed smaakte, maar bij een pijp weet je dat nooit van tevoren, dan kon het nog wel eens gebeuren dat er voor hem een gebakken schol af kon. Dat waren de goede avonden maar zoals gezegd, soms lag hij opeens op de straat. Nooit zonder buit overigens, wat te danken was aan de overvolle kapstok waar hij zich in de loop van de avond wel eens ophield, het even helpen bij het serveren van de glazen bier aan tafels waar werd gekaart en waar geld op tafel lag. Hij verwierf zich geen vleugels, steeg niet op naar het dichterlijke, de melancholie van krakend want of de metafysiek van de walvis. Hij was een overlever en dat is men op zijn slechtste eigenschappen.

Er waren twee vrouwen in zijn leven, de ene was de oude vrouw in de hal van een restaurant in Scheveningen annex speelhol. In dat laatste deden de duurste sigaren de ronde en zijn oogst was meestal aanzienlijk. Zijn extatisch snuiven aan de peuken vertederde de spelers die hem daarom nog wel eens een hele sigaar toestaken. Deze verkocht hij dan weer aan een kleinhandelaar op de Laan van Meerdervoort, een zekere K. Dijk, die er een allerreëelste prijs voor wilde geven en in dat opzicht een hoogst opmerkelijk man was. In de hal troonde echter de oude vrouw, die daar heel traag de glazen spoelde, de planten begoot en de politie belde als dat nodig was. Voor de rest keek ze. Onder dat kijken kon ze soms heel traag een appel schillen en dat was luguber, daar niemand precies wist wat ze schilde maar dat ze het schilde was wel zeker. De rol van Knobbe was daar een ingewikkelde, zo was er een dienstertje, een tussendoortje, dat hem op een geheimzinnige wijze dwong de guitige jongen uit te hangen, de robbedoes, de spring in 't veld. Dat zat in haar ogen, de klaarliggende schaterlach, een schittering hier, een twinkeling daar, die hij niet teleur durfde stellen. Dan gedroeg hij zich beschamend, bij voorbeeld als ze hem zoveel besmeerde broodjes had toegestopt dat zijn broekzakken er bol van stonden en hij zich aanstelde als orang-oetan, de gestichtsidioot die hopste en sprong tot hij achter adem was. Dat begreep hij niet, van zichzelf niet en van haar niet. Maar de oude vrouw was erger, die bevroor als ze hem zag in de hal, ze stond dan paalstijf en keek of ze zich iets herinnerde. Hij schrok er steeds weer van, zag haar gezicht verdonkeren, de blik zich concentreren of iets op de punt van haar tong lag, waarna ze langzaam aanstalten maakte om iets met hem te gaan doen dat verschrikkelijk was. Dan vluchtte hij de trap op met een gevoel dat de vrouw in de hal en de pretpoes boven met elkaar te maken hadden. Men zei dat dat oude wijf een kunstbeen had, hol en van hout, dat geheel opgevuld was met Franse goudstukken. Daarom bonkte dat been ook zo zwaar als ze door de hal ging, alsof ze werd gevolgd door een reus met langzame, dreigende stap.

De andere vrouw heette Chrisje, ver buiten Ran om was hij haar een keer tegengekomen in de regen. Ze scholen beiden in een portiek en dan kan er veel.

Ben jij vaak geslagen door je stiefmoeder? had hij gevraagd, maar zij ontkende dat. Zover ik mij kan herinneren, zei ze, was ze verzorgd door een oude vrouw die een vogel had en een kleine hond. Haar gezicht was zo gerimpeld en hard als de binnenkant van een leren ceintuur en ze mompelde erop los of ze in gezelschap was van een hele troep mensen en beesten. Zo was ze ook gestorven, op een avond hoorde ze de vrouw in haar kamer hardop praten, zo op de rand van een ruzie. Ze had het graag verstaan en daarom gehoopt dat ze lang zou praten, maar opeens was het stil. Dan raakte ik aan de zwerf, zei ze. De naam van de vogel kon ze zich niet herinneren.

Kakatoe natuurlijk, zei Knobbe. Ik ben een jongen die niet houdt van kapot gelopen voeten, ik ben graag alleen, gezelschap kost geld. Laatst stond ik op een duintop met de zon in de rug, mijn schaduw lag lang in het dal en toen ik mijn haar wegstreek was het of hij salueerde. Zo hoort dat ook.

Ik ben nu bij Ran, zei ze.

Vraag niet aan de chroniqueur hoe hij dat alles weet want dat is een lot te vreselijk om zich in te verdiepen. Zeker is dat Knobbe een keer bezoek kreeg van Kwik, maar eerst moet ik nog vertellen dat de oude vrouw waar Chrisje bij in huis had gewoond een voorkeur, een affectie had voor ratten, die in groten getale door het huis renden. Als ze gingen slapen bestudeerde ze het gewriemel en koos met zekerheid de leider uit. Die kreeg met een lange stok een tik op zijn kop, maar zo dat er niets werd gekwetst of gewond. Dan gingen alle ratten aan de haal en was het de hele nacht rustig. Het zijn Gods schepselen, zei ze als ze de stok weer in de hoek zette. Zo iets vormt een karakter.

Ik zag hoe Knobbe, die op zijn bed met de handen achter het hoofd naar de zoldering van de boot staarde, plotseling bezoek kreeg van Kwik. Deze greep Knobbe bij een arm en sleepte hem op de grond. 'Als ik je weer betrap dat je op je handen loopt hak ik je voet af!' schreeuwde hij, terwijl hij tegelijk een paar oorvijgen uitdeelde.

'Doe dat nog eens!' riep Knobbe op handen en voeten terwijl hij pogingen deed een vuist te schudden, 'dan krijg je een flinke klap.'

'Dan ruk ik je kop eraf,' snauwde Kwik.

'Ik zal niet stom blijven,' riep Knobbe, 'ik weet genoeg...'

'Wees daarom gewaarschuwd,' zei Kwik, die plotseling kalmeerde, 'en pas liever op de werf.' Daarna sloeg hij met zo'n harde klap het deurtje van de kajuit achter zich dicht dat het gelijk weer open vloog, wat hem de gelegenheid gaf nog een paar maal poppekop! te roepen en een enkele keer verdomde rekel...

❁

Ik wist genoeg, hier was kostbaar materiaal aanwezig dat met overleg gebruikt diende te worden, maar eerst wilde ik de raad van mijn hulp volgen en de barre tocht beginnen.

Ik vertrok niet in de avond, dat is niet het juiste uur, te rustig, te aangenaam, beter is de late nacht, onder een hemel van oude lappen waarin nog wel een enkele ster fonkelt, zo koud als een glazen oog. Dat is de miezerigste stonde die ik ken, de maag wil niet, de tong smaakt zuur en er zijn ouden zoals ik die het ook nog gegeven is met verbazing waar te nemen dat alles toch weer gaat bewegen, zo iets als een opgebaarde dode die opeens rechtop gaat zitten. Er schuilt veel waarheid in dat uur; alleen in deze fysieke ellende begint de barre tocht en kan gezegd worden 'in het midden van de stad liep een oude man', de rest volgt dan vanzelf. Ik trok weliswaar mijn warme en dure ulster om mij heen, maar als een waarlijk oude en gerafelde jas. In de ramen van de gesloten en afwerende huizen sieperde langs de gordijnen naargeestig lamplicht, dat het humeurig tegen de ochtend aflegde. Hier en daar hoorde ik stemmen die duidelijk uit een radio kwamen, en zelfs onverwachts een zingende zeemansvrouw, wat wel het ergste is wat iemand op dat uur kan overkomen. Dan is een verre blaffende hond beter, of de vermoeide slof van de vroege werkman, of de schelle kreet van een vogel met weer een dag huppen en pikken voor de boeg. Als een man die bezig is met een verraderlijke glimlach een moord te begaan zo spreidde de ochtend zijn heerschappij uit over alles. Ik huiverde, meende dat een aardig succesje en liep voort. Daarmee is niet weinig uitgesproken, want aan de ene kant stond een wand van grijsrode, eenvormige huizen, aan de andere kant lag het stadsplantsoen met wat dunne boompjes in het gelid en in iedere zijblik een bruggetje.

Daar het een echt barre tocht moest worden nam ik niet een eerste tram, maar liep door de eindeloze nieuwbouwwijken, ik een verinnerlijkte, en dat maakte het er niet beter op. Na een stuk bos dat als balsem was voor de ziel bereikte ik de nog leefbare wijken, daar was nog iets kapot, hier en daar beschimmeld, gebarsten, bescheiden afgebrokkeld en met mogelijk nog een muis op zolder. Het trottoir hobbelde nog enigszins en bij een putdeksel zag ik dat daar nog te knikkeren zou zijn omdat het wat was verzakt. De portieken hadden nog ijzeren leuningen waarvan de verf was gebladderd en runen vormde die een betonnen toekomst voorspelden. Wie hier droomde van de dood zag nog een huzaar met kolbak over een kerkhof gaan in stee van een stripfiguur. De goden hebben hun bulletjes gepakt en zijn in beweging gekomen om te vertrekken, een barre tocht, en daarom trappen ze knorrig en genadeloos op de ziel van een fijnzinnige oude wiens vorming zo'n grote vlucht nam, eens, aan de kijkdoos.

Verder had ik misschien toch beter met de tram kunnen gaan om mij wat te laten schudden in de bocht, maar ik wist dat ik dat altijd als aangenaam had ervaren om het brute geweld. Dat wilde ik niet, ik wilde de barre tocht en sprak mijzelf in dit opzicht dan ook krachtig toe. Draal maar bij het voorbije, riep ik de voorbijgangers toe, de muren die je herkent tot in het kleinste barstje. Daar is de tochtige hoek van de visboer, de roep der venters hangt nog in de straten. Kijk maar eens achter mij, een rattestaart van stomme getuigen waarvan de ergste de ergste zijn. Volg mij want ik ga nu met geheven hoofd door de duinen, over dezelfde paden waarnaar ik zo hunkerde in de klas en waarover de bijbel zegt 'from the top of this dune, we have a fine view on the sea'. Een duin is een wonderlijk ding, men gaat omhoog, ziet van de top de zee en daalt weer af, maar peilloze verschillen zijn er tussen deze drie onderdelen. Wie daar werkelijk weet van heeft kan zich op sterk water laten zetten, zijn queeste is ten einde en Gods wil is geschied. Als u wilt dan laat ik nog even de blik van de Noorman voor Dorestad over u glijden als een keurmerk van alles wat ik u heb gezegd.

Dat riep ik hun toe, de huidigen, en wel op het Tesselseplein. Ik bleef in het midden staan maar voelde dat ik de kluts kwijt was. Ik vluchtte de kruidenier binnen wiens naam me ontschoten was, wachtte lang en toen ik aan de beurt was wist ik niets te bedenken, zelfs geen reep chocolade. Ik maakte aanstalten om een plasje te doen op die koude hoek bij slager De Groot, alles om de zaak maar wat af te leiden, maar dat zorgde voor een oploopje. Het hele theaterspel van afkloppen, diep aanzien, ondersteunen maar tegelijk met kleine pasjes duwen in de richting van het gekkenhuis werd doorgenomen. Ik nam wraak met zwikzwakkende benen, een arm die ongecontroleerd schokte en de stok liet zwaaien. De nog vrije hand hield ik daarbij even sidderend als bezwerend uitgestrekt als in een verloren gevecht van een oud man tegen een grote stad.

Na uitputtende verzekeringen van welbevinden en evenveel smeekbeden liet men mij ten slotte met tegenzin gaan en ik begaf mij richting haven, aangetrokken door een wijde mensenleegte en voornemens de volle lengte van de Boulevard af te marcheren en dan schuin door te steken naar het Pompstation. Daarachter wilde ik wat rusten in een duinpan, als het ware wat uien van de zoldering slaan en een stuk geitekaas afsnijden zoals Vitalis in *Alleen op de wereld.* Ik was echter moe, mijn oren zongen zachtjes als de zee en mijn benen liepen opeens vol warmte onder mij.

In de pan trok ik de ulster om mij heen om maar zo gauw mogelijk uit mijn lijden te zijn, sloot de ogen, luisterde naar het zand en het beetje wind en keek in mijn geliefde zelf.

Het was er feest met buren, sigaren en een kerstboom tussen de twee ramen. Toen niemand op mij lette sloop ik naar het raam, duwde de zware haren gordijnen wat opzij en keek recht omhoog in de doodstille hemel, diepzwart, waarover de blauwe glans van de maan. Opeens beklaagde ik God dat hij in de hemel moest zijn en niet bij ons in de huiskamer. Ik vroeg mij af of ik toen al had geweten van de verschrikkelijke eenzaamheid van God, die nooit en nergens, binnen noch buiten iets anders aantrof dan zichzelf. De ervaren kijkdoosbezitter weet van het moment waarin hij wordt verzocht en dreigt het geheel in een hoek te flikkeren. Nooit betrad ik later een dom of kathedraal of mijn kijkdoos met haar door cellofaan gefilterde licht hielp mij door de vele overgangen heen de sacrale ruimte in. Geen enkele moeite heb ik dan ook met mijn grootvader die pijprokend aan het kruis hangt, of mijn moeder die mij aanziet vanuit vele gemartelde nonnen, of buurman Paap die een mis bij elkaar rommelt met een kwast en een bus verf. Dat is interieur, die veelvoudige, in zichzelf vertakte lijfwarme donkerheid. Waar het vooral om gaat, achter een pompstation, gehuld in een ulster en met veel moeheid in de benen is niet in slaap te vallen, suf in een dommel te verzinken uit gemakzucht. Een kleine dut als een blijk van inzicht en overgave, een caprice meer bedoeld als een illustratie kan men zich wel toestaan. Ik heb dat wel in de hand en zag dan ook hoe in een vreemde omgeving mij de koning kwam bezoeken. Ik hoorde hem schrijden in de gangen, rinkelen met zijn kroon en overdadige ringen. Ik vernam het snuiven van de hovelingen, die krachtig werden geroskamd, en ook het kwabbelen van de hofdames, die Zijne Majesteit achterna zaten, slechts gehuld in vliesdun hermelijn. Toen ik wakker schoot voelde ik nog de schommeling van de draagstoel, hoorde nog het knappen van takjes, het vallen van een eikel, en zag geheel los daarvan enkele paddestoelen voorbij glijden. Ik kon me er geen situatie meer bij herinneren en volgde zo het vergeten op de voet en van dichtbij.

Het probleem blijft niettemin bestaan en heeft mij een leven lang achtervolgd. Regen vlaagt in de straat, druppels biggelen langs het raam en ik stel mij voor hoe daarbuiten alles nat wordt: de tram, ons huis, de straat, de Bosjes, de duinen. Ik zet mijn tafeltje vlak bij het raam, waarop het tekenpapier, de potloden, de tekendoos en het tafelkleedje. Het licht erover is grijs, vaal en schraal en zuiver. Ik weet niet hoe te beginnen: als ik met tekenen begin dan verlaat ik de innigheid van mijn kamertje. Kijk ik om mij heen, genietend en licht huiverend van genot, dan moet ik het tekenen overslaan en dat is nu juist het vertellen erover. Dichten is wachten, niet opbreken, een voortdurend uitstel en de greep naar de pen uiterst dubieus. Het is als het strelen van honderd vel spiegelblank schrijfpapier en de angst voor de eerste kras. Ongekend rijk is de blik van de dadeloze in het spionnetje waarin alles buiten is te zien, dat niets zal veranderen in het kamertje waarin de geest zwaarmoedig gevangen zit in zichzelf. Goed bezien zijn ook alle voorwerpen in het interieur slechts decoratie, ze bestaan alleen door elkaar, vreemd geworden aan hun doel, beter om maar niet aan te raken, aan hun gebruik ontheven, ornament, stilleven. Het is als de vloek uit Doornroosje, het vergankelijke dat eeuwig wordt, het tegelijk van alle momenten. Niet zozeer het steeds maar voorbijgaan, het na elkaar, het afscheid nemen en vergaan woog mij immer zwaar maar vooral het na droef en donker weer doorbreken van de zon ervoer ik, ondanks de *Pastorale*, als ontoelaatbaar, platvloers, ongewenst en barbaars vergeleken bij de betoverde stilte van een overgroeid kasteel. Hoe onontkoombaar ook het rumoer van de straat, het juiste pad is dit. Wie dat niet inziet behoort tot de wegwerkers, wie het wel doet staat in vol ornaat, alle schrijn, pijn en vervloekingen niet te na gesproken.

❦

Verlossingsgedachten begonnen mij te befluisteren, zoals het afstappen van een schaakbord, het afvallen van een wapenrusting, het afzetten van een zware helm als ware het een vreemd zwaar hoofd. Ook dreven er beelden door mijn brein van afgeschoten Indianen uit mijn jongensboeken, een keur van wulps neervallende bloterds die achterover tuimelden, van het paard stortten, uitgestrekt bezweken, omrolden, de geest gaven of de laatste, zware adem uitbliezen. En dan was er nog het grote achterlaten: van de hond, de vogel, de dood, de oude vrouw, de wouden, de hellingen en de zonnevlekken.

Van de beroerdigheid krabbelde ik overeind en wie zo opstaat kan maar beter blijven liggen. Ik had echter nog de barre tocht voor me en had nog een heel eind te gaan. Eindelijk was ik op het punt gekomen waar ik een goed overzicht had van het einde. Van mijn rustpauze had ik mij niet meer hersteld, het bleef nadien sloffen en wankelen, maar daar was ik. Het was mij slecht vergaan op mijn tocht, ik had mijn versnaperingen gemist, die ik zorgvuldig over de hele dag verspreid en die mij overeind houden. Denk niet dat Cafés Noirs niet van invloed zijn op de kwaliteit van de *Parerga*. Er is in mijn bestaan een tijd van koffie en een tijd van thee, en vooral dat laatse is voor mij al vaak levenreddend geweest; zeker zou ik *Het vlot van de Medusa* hebben overleefd met een goed bakje op de juiste tijd. Het zo hoogst noodzakelijke voor mij uit staren wil ik hier niet te zeer benadrukken, daar ik het tot de ergernis kwekende eigenaardigheden reken, maar voor mij is het in diepe zin de rigueur.

Ik noem al deze factoren om een goed inzicht te geven in wat mij overkwam. Ik was bijna aan het eind van mijn tocht gekomen, het klassieke punt waarop men ook het einde van zijn krachten voelt naderen. Het was zacht begonnen te regenen en het schemerde. Ik stond in de straat die ik heel goed kende, tot in alle details mag ik wel zeggen en dat werd mij fataal, ik lette niet op, was mijzelf als het ware al vooruit en zag in die maar weinig waakzame toestand een afschuwelijke gestalte voor mij, zwart als drop in het vallend duister, met enorme handen waarmee hij grijpende bewegingen naar mij maakte, en zo groot dat zijn kop boven de dakrand uitstak. In deze schrikmomenten flitst de waarheid even op, die van draken, holen, schuld en straf, waarbinnen ik buiten mijn weten was gestruikeld en, verzwakt als ik was, op de grond gevallen. De reus voor mij was een behulpzaam iemand, die ik bezag vanaf zijn voetzolen. Hij hielp mij overeind en vertelde mij over zijn vader, waarmee hij had lopen wandelen toen deze opeens had gezegd 'hee, dat is vreemd'. Hij had erbij naar het einde van de straat gewezen en eraan toegevoegd 'daar is iets helemaal niet in orde'. Daarna was hij gevallen en was dood geweest.

'Het spijt me voor u,' zei ik met stijve kaken.

'Ik ben violist,' zei de man verder, hij had glad zwart haar, achterover gekamd, dat glansde van de brillantine in het late licht.

'In het West Endtheater,' zei hij.

'Ik ken u,' zei ik beleefd knikkend.

'Daar gaat het niet om,' zei de man, 'maar ik heb weinig tijd.'

'Zet me daar maar op dat randje,' zei ik, 'bij die boekwinkel.'

De man ondersteunde mij, zette me tegen de pui en maakte een officiële buiging.

'Leider der lijdende jazzband,' zei ik.

'Aan het begin en in de pauze,' zei hij en liep door.

Dat was pas hulp.

Ik zat op het smalle randje aan de onderkant van het etalageraam en wachtte daar nadat ik had gebeld. Weinig was er meer over van de oude Vitalis met zijn knoeststok en zijn magere, geharde gestalte aan het vuur. Een monument, en er wandelen maar weinigen rond die de illustratie hiervan hebben bezien zoals ik. Mijn gezicht stond niet goed, ik bekeek het aan de binnenkant voor een passende uitdrukking maar vond er geen. Ik belde weer, tikte venijnig tegen het raam, bonsde op de deur. Stilte waarin de overmacht der dingen. Ik ging weer zitten op mijn richel en wachtte.

'Waar kom jij vandaan?' vroeg Ran terwijl hij even mijn schouder aanraakte om te zien of ik niet dood was.

'Van ver,' zei ik opschrikkend.

'Waar moet je naartoe?'

'Ik weet het niet,' zei ik, 'van zo ver kom ik.'

'Wat wil je dan hier,' vroeg Ran.

'Hulp, ik kan er geen ander woord voor bedenken.'

Ran klopte met de knok zachtjes tegen het raam van de etalage, zo'n neutraal en automatisch tikje zonder enige nadruk of anderszins en... direct werd er opengedaan! Zo iets brengt mij op de rand van een beroerte en dan was het ook nog Chrisje, die blijkbaar een bovennatuurlijk scherp oor had voor mij onbekende nuances. Zij opende, dat wil zeggen een blij silhouet verscheen in de deuropening, sloeg twee schaduwarmen om de nek van Ran en trok hem als het ware naar binnen, waarbij ik maar het beste meende te doen door hem op de hielen te lopen. Even later waren wij in de huiskamer waar ik al eens eerder was geweest, en kon ik beginnen, ver doorgezakt op een versleten canapé, voorzichtig de aandacht op mij te vestigen. Een wat verwezen mompeling, een nerveus zoeken naar iets onbepaalds als in koortsen, een licht kreunen, zo kon ik mijn aanwezigheid in de kamer als het ware opbouwen. Ik was ook ziek, een optelsom van elkaar versterkende momenten: een amorfe ergernis die altijd klaar lag als ik Ran ontwaarde, wat geen wonder was, de woede zo lang te zijn buitengesloten en wel onnodig, zodat ik me een kou op de hals had kunnen halen wat op mijn leeftijd zoals iedereen weet fataal kan zijn, alsmede de uitbundige aanhaligheid van Chrisje voor de lompenboer alsof hij van de dood was teruggehaald. Donker staarde ik de kamer in, sloeg vanwege mijn toestand enkele overgangen over en informeerde op de toon van een alleen maar formele belangstelling of hij nog zo vuilbekte.

Ook Ran kon zich wel wat veroorloven nu hij blijkbaar zo onverwachts was thuisgekomen en vroeg mij weer wat ik voor zijn etalage had uitgespookt.

Het was mij gegund lang te wachten met een antwoord, zodat hij alle gelegenheid had zijn eigen woorden te laten naklinken. Alsof ik daar God mocht weten wat allemaal had zitten uitdenken aan snode plannen...

'Ik was bang,' zei ik met zwakke stem en vond dat een prima zet.

'Ik vuilbek nog wel eens een beetje,' zei Ran, die hiermee een barrière opwierp wat betreft een roerend exposé mijnerzijds van hoe bang... waarom bang... al bang vanaf mijn jeugd... en onvermijdelijk dan de hierdoor opgeroepen eenzaamheid van de oude man.

'Soms weet ik niet meer wat ik tegen de dames zeggen moet,' zei Ran droef.

'Waar kom je zo laat vandaan Ran?' vroeg ik op mijn beurt en bette mij het voorhoofd met een zakdoek.

'Laat? vroeg!' zei Chrisje, die Ran daarbij teder maar vooral dankbaar over de wang streelde.

'Ik ga te laat naar bed, ik weet het,' zei Ran klaaglijk, 'meestal pas tegen de ochtend. Ik voel dat aan mijn hart, dat bonkt te onregelmatig en te snel. Voel maar.'

Ik negeerde het aanbod en tuurde nieuwsgierig uit de ooghoek naar Chrisje na deze litanie van een klagende oude man, de gesel der verzorgenden... en ik meende een klein lichtpuntje te kunnen incasseren, daar het wangstrelen een wat mechanisch karakter had aangenomen.

In plaats van dan ook belangstellend mee te buigen met Rans klacht en deze als een troost aan te vullen met mankementen mijnerzijds, deed ik een verrassende zet, en zei dat het hart van de heilige Filippo Neri bij het hartstochtelijke bidden dat hij deed zo zwol dat hij er een keer twee ribben bij brak. Ik loerde naar Chrisje en voelde verbazing maar vooral verrassing van haar uitgaan. 'Dat is nog eens wat anders dan vuilbekken,' zei ik, 'de heiligen uit die tijd roken ook heel bijzonder, ze roken schoon, zoals seringen in bloei...' Dat was een stoot onder de gordel, want met deze mededeling refereerde ik aan de grootste vijand van de ouderdom, de geur die ze heeft. 'Zelfs als ze uitslag hadden,' vulde ik nog aan, uit objectiviteit.

'Ach, ai,' zei Chrisje, die blijkbaar wist waarover ik sprak.

'Maar het lieflijkste van de heiligen was,' ging ik haastig verder, 'dat ze olie gaven.' Vermoedelijk wees hier de merkwaardige naam van de knaap die ik de vorige keer in de huiskamer had gezien de weg. 'De heilige zus of zo drukte zich de olie uit de vingertoppen als hij een tijdje over het wezen van God had nagedacht, Christina Mirabilis droeg deze olie in de borsten en de abdis van Monte Thompsoniana tapte de kloosterzusters hele kruiken af. Er waren verschillende plaatsen van het lichaam die bij de produktie van belang waren: in de overschaduwde onderste regionen van het lichaam ontstond een zeer vette olie, in de hogere streken ontstond de zogenaamde balsem van de Provence en nog hoger, in het hoofd, de vluchtige oliën die uit neus en oren stroomden en ook uit de mond natuurlijk.'

'Willen jullie niet een slokje hoestdrank,' vroeg Chrisje met een stem die duidelijk op een grote belangstelling wees voor wat ik te berde had gebracht.

'Graag,' zei ik nog voor ik daarover na had gedacht.

'Er zit wat alcohol in,' zei Chrisje, 'dat vindt hij lekker,' en zij wees op Ran.

Op een afschuwelijke wijze smikkelde Ran zijn lepel naar binnen, niet om aan te zien. Wat was er overgebleven van de Viking, de Noorman en de zo onbeschofte blik waarmee hij vroeger om zich heen keek.

''t Was iets met een neger op een damesfiets,' zei hij nasmekkend, ''s nachts... en hij vroeg een juffrouw om voor op de stang...' Maar hier legde Chrisje haar zo fraai gevormde en witte hand op zijn vuilbekkende mond.

'De heilige Catharina kon een keer niet ter communie omdat ze ongesteld was,' zei ik. 'Helemaal achter in de kerk volgde ze stiekem de gang van zaken, maar dat maakte niet veel uit want de hostie vloog door de hele kerk heen pardoes in haar mond. Dat zijn grote raadselen, waar ik in dit verband toch even op wil wijzen.'

Hier begon Chrisje mij te bekijken op de door mij zo gevreesde manier: onderzoekend, licht verbaasd, ook wel wat geamuseerd maar toch vooral bezorgd, en gelukkig ook (naar ik dacht) nadenkend.

'Ik spreek in het geheel niet onsamenhangend,' verdedigde ik mij terwijl ik een en ander met een vermoeide hand in de lucht onderstreepte, 'het hangt allemaal samen met andere dingen.'

'U moest vannacht maar hier blijven slapen,' zei ze met innig geknepen oogjes, 'nu nog helemaal naar huis, dat is niets.' Ze stond op met het gemak en de kordaatheid van de jeugd en verdween in het huis of in de boeken daar in de diepte.

'Een damesfiets,' zei Ran dromerig terwijl hij haar nakeek.

'Mij is groot onrecht aangedaan Ran,' zei ik, hem eveneens dromerig aankijkend; ik had dat dreigend willen doen, veelbetekenend, borend, verontrustend maar slaagde daar niet meer in van vermoeidheid en rondde de zaak dus maar slapjes af met een 'hou daar even rekening mee'.

Het kamertje waar ik sliep was een proper kamertje, er liepen wat buizen doorheen waardoor ik me kon voorstellen op zee te zijn, op een sleepboot, wat me zou helpen weg te zakken. Toen ik in het bed stapte, dat keurig was opgemaakt, stootten mijn arme maar nog gespierde benen op een gummikruik. Ik voelde de warmte aan mijn voeten en, met overslaan van mijn hele lijf, ook tegelijk in mijn hoofd. De beroemde beeldhouwer Knobbe had van de koning opdracht gekregen een beeld van hem te maken. Een jaar lang werkte hij eraan maar toen het af was bleek het gelaat zo hard en gevoelloos dat de mensen niet meer konden uitmaken of het een beeld was van de koning of van de misdadige rover Hotsenplots. De zo bewonderde wijsgeer Rembrandt, aan wiens leven een heel boek is gewijd, was bezig geweest een commentaar te schrijven op een wijsgerig stelsel toen hij plotseling niet langer de betekenis der leerstellingen kon bevatten waarover hij schreef. Ook het schrijven zelf ontgleed hem en hij moest alles opnieuw leren. Zo trachtte een wereldberoemd schilder een zelfportret te schilderen maar hij slaagde er niet in. In zijn wanhoop gaf hij het schilderen eraan en hield zich sindsdien bezig met het bestuderen van redenen, voortekenen, oorzaken, geheime krachten...

Eén ding is nog wel de moeite waard om te vermelden: 's nachts moest ik er natuurlijk uit om te plassen en dat is beroerd in een vreemd huis. De goede tijden van de po onder bed waren voorbij en een wastafel had ik niet in het kamertje. Dus toog ik op zoek naar het toilet waarbij altijd twee dingen vaststaan: het is niet waar men zoekt en alleen een geniaal inzicht in de vijandschap der dingen is in staat het lichtknopje te doen vinden. Na al dit tast-, en op-de-tenenwerk was ik eindelijk weer op de terugtocht naar mijn kruik, toen ik voelde dat iets of iemand met mij ging en zich zelfs tegen mij aanvlijde. Niet in ware zin natuurlijk, maar de indruk was uitgesproken die van een menselijke nabijheid, meer dan wat anders ook. Zien kon ik niets en horen evenmin, maar een enkele keer voelde ik een zacht duwtje, iets tussen een blijk van genegenheid en het trekken van aandacht. Met een verstrakt gezicht en met nu en dan een lichte huivering besteeg ik de trap, mij troostend met een droom in een vreemd huis, die nu eenmaal niet anders kan zijn dan zeer vreemd.

Toen ik echter de deur van mijn kamertje opende om de hele zaak definitief achter mij te laten voelde ik hoe het begeleidende met mij mee naar binnen ging en zich toen ik eenmaal op mijn rechterkant lag behaaglijk tegen mijn rug nestelde. Een onhoudbare situatie, zodat ik uren rechtop in mijn bed zat en pas laat de deur openzette om dat wat met mij was de gelegenheid te geven weer weg te gaan. Dat gebeurde ook, maar daarvoor had ik het zeer moeilijk, daar het duister naast mij afschuwlijk smikkelend en brabbelend een taal uitsloeg van een liefdedronken idioot. Het was natuurlijk een nachtmerrie maar dan een die mij tot in het ochtendgrauw wakker hield. De stem was die van een bekende geweest, maar ik kon hem niet thuis brengen. Eerst toen ik de belofte prevelde dat de zo aantrekkelijke Chrisje op geen enkele manier mijn belangstelling had stopte het hete en hittige vuilbekken en ontgleed door de open deur.

❀

Ik werd weer vroeg wakker en wist direct waar ik was: goed georiënteerd in tijd, plaats en personen, maar ook wat betreft de dingen. Ik zuchtte, overwoog het wonder toch weer te zijn ontwaakt en sloeg daarna met tegenzin de benen buiten bed. Liever was ik gewekt met thee en alles wat daarbij hoort zoals mijn hulp (zaliger nagedachtenis) dat gewoon was, maar hier bespeurde ik iets heel anders, in het stille huis.

Ik kleedde mij aan, zoals deze reeks bijzondere ongemakken kort is samen te vatten, kamde mijn haar bij gebrek aan een kam met de vingers en een lucifer, miste de na zo'n nacht reinigende doop bij gebrek aan een kraantje of een wastafel en voelde al die tijd dat ik nog nooit zo'n trek in een goed gestoffeerd ontbijt had gehad als op dat ogenblik. Een visioen van zacht trillende eierdooiers en bacon, knisperend brood en niemand verder in de keuken zodat ik de slobber van de thee in al haar kracht zou kunnen ontvouwen was het weefsel waarin ik mij bewoog. Dat was nog een probleem, dat voelde ik wel; krachtig schransen en tegelijk de zieke spelen, maar dat werd ook niet verlangd, want onder het zachtjes afdalen van de trap kroop een vaag vermoeden in mij omhoog. Beneden bekeek ik de huiskamer, waar alles nog was als de vorige avond en waar alles erbij lag als de slapenden, diep in het huis verborgen, ontoelaatbaar in zichzelf teruggetrokken. Wat ik in de afdaling had gevreesd bleek de waarheid, ik was in het huis van langslapers terechtgekomen.

Na een tijdje staren naar al het overleden meubilair trok ik mijn warme ulster aan, waaraan nog wat zand kleefde uit lang vervlogen tijden, zette mijn hoed op, verliet de winkel na het eenvoudig wegschuiven van een grendeltje, een gegeven dat ik mij inprentte, en stond op straat. Wie dan zoals ik naar een stenen richeltje kijkt als dat waarop ik had gezeten staart in het raadsel van de tijd zelf. Lopen was maar het beste, op stramme benen voort, al is het diep gefundeerde arriveren zoals Odysseus zo vaak mocht ervaren toch meer het wezen van een barre tocht. Zo bereikte ik een speeltuintje vlakbij. Het was zo'n gilbak voor 't jonge volkje, dat er uitgeput bij lag met de kin op het gras. Vlak bij een heg stond een hobbelpaard dat een zwaar leven achter de rug had, er was in gebeten, het droeg sporen van bijlslagen en was verder gedeukt en verbogen. Niettemin zette ik mij erop, streelde het zacht kreunende dier, dat mij op zijn beurt de vrede schonk van de goede hobbel: de mogelijkheid noch hier, noch daar te zijn, het ware reizen, op eenzelfde plaats, dat alle moeilijkheden bant en de onrust in lijf en geest dooft, zodat deze laatste onbelast alle kanten uit kan zwerven. Zo dacht ik aan de zieneres van Prévost en ook aan de kleermaker in het een of andere sprookjesboek, die daarin adviezen had verstrekt om demonen te kunnen hanteren. Men diende ze krachtig toe te roepen in de zin van 'is daar een huisknecht!... is daar een dienstmaagd!... geef dan antwoord'. Bleef het dan stil dan moest men overgaan tot een andere tekst en roepen 'weest stil demonen, ik heb nu al genoeg gedonder met jullie gehad: de ene keer is het een guts regen, de andere keer rukken jullie het kussen onder mijn hoofd weg of gooien handjes stof in mijn neus in de hoop dat ik me een breuk moet niezen. Genoeg nu, schenk mij de vrede der penaten en duvel op.' Dat hielp altijd, zo niet dan moest men dreigen met de aamborstige naaister, maar niet eerder.

Ik hobbelde daar een tijdje over en had al enige tijd de indruk dat het kreunen van mijn rijdier niet synchroon was met mijn hobbel, maar had daar verder niet bij nagedacht, tot ik plotseling een kreet hoorde en iemand door de lucht zag buitelen over de kleine heg. Alleen in de herinnering lieten zich nog zijn merkwaardige bewegingen tegen de hemel construeren en kon worden waargenomen hoezeer deze gestalte daar in de hoogte in moeilijkheden verkeerde. Het is trouwens al veel langer mijn opvatting dat de tijd te snel gaat en op die manier ettelijke kostbaarheden in slordigheid teloor doet gaan. Hoe dan ook, de gestalte, eenmaal weer op de vaste grond, trachtte zijn hoge snelheid uit alle macht te verminderen en slaagde hierin met een overmaat aan bewegingen en woedende kreten. Terwijl hij nog boven mij suisde had ik al een krachtig postuur kunnen vaststellen, een bijna vierkant heerschap, zelfs een bleek, grof gezicht en een strohoed, die zich boven mij van het geheel losmaakte en een eigen weg koos naar het gras. De luchtreiziger raapte deze hoed op, zette hem echter met groot inzicht na de smak niet op maar hield hem in de zijwaarts uitgestrekte hand alsof hij hem voor mij had afgenomen, en naderde in deze houding de hobbelzwaan op een hoffelijke wijze.

Het was Kwik, die daar uit de lucht was komen vallen, God weet de nachtelijke fluisteraar of poppenspeler en ga zo maar voort, een hele tros was over mij neergedaald, niet bepaald het plezierigste dat men zich voorstelt maar op een ochtend zo tot in de diepte grauw ook weer niet onwelkom. Knobbe was wat al te enthousiast geweest bij het duwen van de schommel, zei hij met een vaag gebaar over de heg wijzend, vermoedelijk om de meest uiteenlopende redenen, waarover hij zich nog eens met hem wilde onderhouden. Voorlopig vinden wij ons hier samengeworpen, concludeerde hij niet ten onrechte.

'Ik slaap laat in,' zei ik, 'sta echter vroeg op, dat bepaalt een leven.'

'Ja, het is nog veel te vroeg voor een café,' bevestigde hij, 'maar ik weet een plaatsje waar je op dit uur al een glas warm water kunt krijgen met suiker.'

We liepen het speelplaatsje uit, Knobbe als straf een paar pas achter ons en bleken later te zijn afgestevend op het bejaardenhuis in de Fahrenheitstraat, een in oude tijden berucht oord, dat de oudjes in de stad deed verbleken bij het alleen maar noemen van de naam van de hoofdzuster, die Dillinger heette. Toen al werden velen op de vreemdste wijze weggemoffeld, ze vielen verward uit het raam, van het dak of in de liftkoker of staken zichzelf in brand. Zij die geld in de sok hadden dat de moeite waard was maakten de slechtste levenskansen, hun sensorium raakte al snel omneveld en ze verdwenen in Limbo.

Kwik was in dit gebouw bijzonder thuis, dat was aan zijn stap en zekere blik goed te zien, en direct was er dan ook een gedienstige ter plaatse aan wie hij de beloofde bestelling opgaf. Het was geen vrolijke maagd maar een onderworpene en bange, zo een die al rekening houdt met een schop.

In de hal ontwikkelde zich bij een uitstekend glas suikerwater een ochtendlijk gesprek, waarbij Kwik zijn strohoed ophield en een pijp opstak.

'Wat een smak,' begon hij nog eens, terugdenkend aan de boog waarmee hij de tuin en mijn lotgevallen was binnen gesprongen, 'ik weet nu alles af van hoog en laag, van de wind, het vallen uit een ballon en het ter ziele gaan. Foei, foei.' Hij nam een ferme slok en stak de pijp weer in de mond met die grimas van afkeer waar pijprokers het patent op hebben, iets tussen hap en bete. Bij Kwik kwam daar ook nog het kopafbijten bij, van vogels of zo, en nog iets dat samenhing met het nakijken van een slaafse werkster.

Hij schurkte zich wat makkelijker op het harde bankje en zei dat hij zich bezighield met de nachtelijke escapades van Ran, deze verliet het huis op een tijd dat een christenmens in zijn bed lag en keerde in de ochtend, en dan nog stiekem, weer terug. Hij had een bureau opdracht gegeven dat eens na te gaan en had ook zelf zijn wachtjes geklopt, maar Ran verstond de kunst zich onzichtbaar te maken, was opeens na zijn vertrek verdwenen en daarom niet te volgen.

'Misschien is hij door de achterdeur weer naar binnen gegaan,' opperde ik zonder enige belangstelling, want hier en daar waren wat bejaarden te voorschijn gekomen alsof ze illustraties vormden bij het relaas van Kwik. Deze scheen echter niets te merken, sipte aan zijn glas, trok aan zijn pijp en dwaalde zo te zien door heel andere ruimten.

'De vraag is niet of Ran kuipt, steelt, brandt, moord, gokt of kraken zet, maar of hij geld heeft en waar. Ik denk hier natuurlijk aan de toekomst van Chrisje, nu nog een welgebouwde snotaap en we zijn waar we wezen willen.'

Ik knikte bedachtzaam en zag een man uit het donker opdoemen die zijn hoofd naar voor gebogen hield als droeg hij horens, en die dit hoofd in vertwijfeling schudde. Zijn piama hing schaamteloos open en liet alles zien. Blootsvoets was hij en naar mijn vaste mening sprak hij tegen een schim. Ik dacht aan King Lear maar nog meer aan mijzelf, in de duinen, de wind uit zee en nergens om heen te gaan.

'Ach,' zei ik, 'zacht zij de wind voor het geschoren lam.'

'U zou toch ook graag willen dat ze voorbijreed in een rijtuig,' vroeg Kwik fronsend omdat hij zag dat ik hem niet had gevolgd.

'Dat zeker,' zei ik.

'Mijn instinct,' zei Kwik, 'zegt mij dat hij flink in de slappe was zit en dat in een wereld vol smeerlappen en haaien, daarom heb ik er belang bij dat te weten. Zij mag u graag, ik zie haar naar u loeren uit de ooghoek, maar wat ik verder zie is dat hier kostbaar bedrijfskapitaal ligt te beschimmelen. De oude legt aan niets veel ten koste, hij suft maar in zijn stoel en gaat 's nachts de beest uithangen. Nachtelijke onrust heet dat hier en dat is een reden tot opname, een kleine moeite dat hier even aanhangig te maken, "de buren klagen" heet dat officieel. Zie erachter te komen wat ze over die oude weet te vertellen,' zei hij licht sissend terwijl hij zich ver naar mij overboog. Tegelijk verscheen er echter een oud, gerimpeld en geel hoofd in dit gesprek, de ene na de andere griezel wrong zich erin met wolkjes beddelucht en pepermunt en sabbelgeluiden dicht aan mijn oor, zodat ik hoorde wat ik nog nooit had gehoord.

Doodsbleek, daar ben ik van overtuigd, stond ik op en wankelde op mijn voeten, maar Kwik schonk daaraan geen aandacht. 'Goewe ouje tijd,' zei hij verachtelijk, 'ik kan zorgen dat hij hier een paar weken tot rust mag komen, drie dagen zonder vocht en hij ziet zijn pet voor een kruiwagen aan, dan loopt de rest vanzelf. Ik ken Dillinger, voor haar is alles verdeling van buit. Zij is een jutster van nature, niemand goochelt zo met opcenten, toeslag, erfpacht, waterschap en beslag als zij en er zijn er hier heel wat die moeten betalen voor het lijfgoed dat ze aanhadden toen ze binnenkwamen...'

Ik huiverde en vroeg mij af wat de zin kon zijn van zo'n uitgebreid en geïllustreerd exposé aan een man zo broos van toekomst en aangewezen op zeer goede zorg als ik.

'Ik wil weg,' zei ik half huilend.

'Dat willen ze hier allemaal,' zei Kwik, 'hoe staat het met

Chrisje, heeft zij geen ander opzicht of gezelschap?'

'Zij heeft geen ander nodig,' zei ik, 'kom laten we gaan.'

'Het huis is donker als het graf,' peinsde Kwik, 'en het vuur van een vriendschap moet aan het licht van de gezelligheid worden ontstoken. Ik bij voorbeeld denk aan haar in guintjes, matten, dubloenen, dukaten, sovereinen!' en hij maakte al zittend danspasjes met zijn plompe voeten.

'Chrisje is geen dartel meisje,' zei ik.

'We zouden Knobbe kunnen inschakelen, dat is een rekel, hij zal haar de geheimen wel uit de keel halen.'

'En wat leven in de brouwerij brengen,' zei ik zorgelijk.

'Olie eruit,' zei Kwik.

'De rekel erin,' gaf ik toe.

'En alle nachten leeg en donker, als we op Ran mogen bogen,' zei Kwik en keek vermoedelijk onbewust snel even achterom.

'Knobbe kan dan al die muffe boeken eens ordenen,' overwoog ik, 'dat brengt klanten in de winkel, het staat beter en geeft mogelijk nog een lieve cent.'

'Die ouwe boeken,' hoonde Kwik, 'er komen alleen pottekijkers.'

'Niet als de juiste deuren dicht zijn,' zei ik.

'Mm.'

'Wie weet wat we nog uitvinden,' fluisterde ik hem in het oor vanwege de oude koppen die steeds dichterbij kwamen, 'ik ben tot alles bereid behalve dit hier,' en ik trok er veelzeggend de schouders bij op.

'Wie weet,' zei Kwik opeens gramstorig, en tegen een oudje dat verdroomd aan hem zat te plukken: 'Hei meester... donder op,' wat me onwillekeurig toch heftig deed schrikken.

Bij ons vertrek liet zuster Dillinger zich nog even zien, Kwik nam haar apart, zei wat tegen haar van duidelijk vertrouwelijke aard en raakte daarbij een paar maal haar bovenarm aan. Het was een goed verzorgde, frisse verschijning, heel aangenaam van fatsoen en maakte een huiveringwekkende indruk.

❁

Toen ik een dag later, toevallig in de Keizerstraat wandelend, langs het huis van Kwik kwam, dat wil zeggen langs de oersaaie meubelwinkel waarboven deze boze man woonde, deed een impuls mij aanbellen. De deur van de winkel zat nog op slot, hoewel het een gewone werkdag was, en na wat heen en weer geroep onder en boven aan de trap werd ik toegelaten tot vrouw Kwik. Goed, ik had Kwik kunnen treffen, maar dat lag voor mijn gevoel niet in de lijn der dingen.

Ik beklom de trap voor wat ik in mijzelf hoog bezoek noemde en wat boven maar een dun dametje bleek te zijn, geen partij voor Kwik, of misschien juist wel. Ze was in dof zwart gekleed en had zo te zien haastig nog een scharlaken doekje om de hals geslagen. Ze ontving mij, dat wel, maar uiterst nerveus, alsof Kwik zich onzichtbaar ergens ophield, een en al oor. Haar nerveus-zijn omvatte voor mijn gevoel veel: ergernis om de stoornis, angst voor slaag en dodelijk venijn, of om de straat op te worden gesmeten, maar ongetwijfeld ook de angst om de verhalen die Kwik over mijn bezoek aan haar zou kunnen rondvertellen van wat 'zijn wijf' (zoals hij haar steevast noemde) achter zijn rug allemaal uitspookte. Zij wrong zich dan ook niet ten onrechte zachtjes de handen. Ik stelde mij dus zo sussend mogelijk op, legde mijn wang twee maal zacht tegen de hare zoals dat hoort in de nette kringen en betrad even later de nette huiskamer.

Het is altijd weer een genoegen om vanuit een hoog venster neer te kunnen kijken op een straat waar men nog kort tevoren heeft gewandeld, het is er als het ware de noodzakelijke afronding van, en daarom bleef ik een tijdje voor het raam staan; daarna draaide ik mij weer naar de doodstille kamer. Ik schrok zo dat ik een stap achteruit deed en met de elleboog hard tegen het glas van het raam bonsde; daar zat Kwik. Zeker, het duurde maar een onderdeel van een seconde, maar dat is voor een doodschrik voldoende; eerst dan zag ik dat het een levensgrote pop was. Het bleek dat Kwik zijn beeltenis had laten vervaardigen om zijn aanwezigheid tijdens zijn afwezigheid goed in te prenten. Het was een karikatuur en daarom de essentie van Kwik: het overdreven en vooruitstekende mondwerk met de grauwe grijns, het aapachtig borstelige haar, de zware wenkbrauwen en op de knieen de enorme handen met de korte vingers. De huid was bleek en rimpelig gemaakt, als die van een drenkeling, en zonder afkeer niet te bekijken. Gekleed was hij in een net zwart pak, zodat alle maltraitage er goed aan kon worden gezien. Vrouw Kwik, zo bleek in de loop van de visite, was ervan overtuigd dat hij alles zag en hoorde. Dat was niet onmogelijk, ook als pop had hij blijkbaar het vermogen onzichtbaar te zijn, want bij mijn binnenkomen in de kamer had ik beslist niemand op de bank gezien.

Op straat riep ergens een jongen: 'Mijn sabel! ...hij heeft mijn sabel afgepakt!...' We luisterden samen. 'Iemand heeft hem bang gemaakt voor de wilde dieren in de hemel,' zei ik met de duim achteloos naar buiten wijzend, 'mijn vader vertelde dat de hemel er vol van was en dat je ze kon zien als je maar goed keek en iets op je kerfstok had. Ik sliep stiekem met een mes. Wat heeft u daar een fraai servies.'

'Van de Koningin,' zei mevrouw Kwik, terwijl ze thee schonk die bijna koud was. 'Kwik heeft daar een keer opgetreden en kreeg een deel van het servies mee. Er was ook veel bestek bij met kroontjes erop.'

'Heeft u kinderen?' vroeg ik beleefd.

Vrouw Kwik depte even de ogen met een grote zakdoek. 'Kwik treedt op voor kinderen: de onthoofding van Maria Stuart, de terechtstelling van Damiens en de folteringen van de inquisitie. Dat zijn de stukken.'

'En bij de Koningin?'

'Trammelant om Toronto Tom.'

Ik zag dat mevrouw Kwik ook voor de pop een kopje thee neerzette.

'Alleraardigst bedacht,' zei ik.

'Ik ben hem hartelijk dankbaar,' zei mevrouw Kwik, die weer even haar zakdoek gebruikte, 'Kwik is veel weg.' Ze ging zitten of ze opeens doodmoe was. 'Nauwelijks is hij wakker of hij verdwijnt alweer. Het eten thuis smaakt hem niet, op alles heeft hij wat aan te merken en als hij niets zegt dan voel ik het toch wel. Hij gaat ergens in de stad eten en hij drinkt zich suf. Vroeger hield hij zo veel van hete worst met saus en warm bier met suiker en dan bakte ik hem ook nog een eitje in roomboter. Nu kan hij dat alles niet meer zien. Hij kan niet eten als hij mij ziet, zegt hij, ook als ik in zijn gedachten ben kan hij het niet. Wat doet hij 's nachts, waar hangt hij toch uit?...'

'Kwik is in Ran,' zei ik, 'en Ran heeft geld. Ik heb er lang over nagedacht, Ran kan alleen nog maar zitten, dat wil zeggen niet roven of inbreken, dus is hij een speler en hij heeft geld, zoveel is wel zeker...'

Kwik zat roerloos maar ik zag zijn oren zwellen en zijn grijns verbreden. Hij deed of hij naar buiten keek en zijn thee liet hij staan.

Toen mijn kopje leeg was stond ik op en samen liepen we de gang in, die aan het eind zo te zien doodliep. Daar stond een grote kist, waarin de poppen lagen. Ze waren duidelijk stuurs erin gesmeten, maar Jan Klaassen lag natuurlijk bovenop al keek hij niet al te snugger. Ik boog mij voorover, schikte en verschikte wat hier en daar en herkende de lastige buurman, de vrouw uit het volk, het kind van de held, de langhals, de dokter, de vreemde heer, de duivel en de dood. Er was ook nog een gebroken galg, maar alles en allen waren kaal geslagen en in het gezicht geschonden. Tegen de voorkant van de kist leunde een dik karton dat kinderen had overleefd en een paar keer door de bliksem was getroffen.

Agesilaus Kwik. De enige collectie van echte poppen in de wereld, stond erop te lezen in rafelige letters. Dagelijks hier te zien. De enige echte Kwikpoppen. Vereerd met de begunstiging der Koninklijke Familie.

'Houdt u van kinderen?' vroeg ik en legde mijn arm om de smalle schouders van vrouw Kwik, die ogenblikkelijk begon te schreien en te snikken, hoewel geluidloos. 'Ach mijn beste mevrouw,' zei ik haar schouder bekloppend, 'mijn brave ziel. Denk erom, bij alles mondje dicht.' Daarna liep ik de trap af.

Meer stukken in het spel brengen, overwoog ik in de straat waarop ik mij nog voelde neerkijken, daar ging het om, en al voortwandelend concludeerde ik dat het bezoek in dat opzicht een fijn afgestemd zetje was geweest.

❀

Het orde op zaken stellen in de winkel stuitte op niet al te veel moeilijkheden, Knobbe verscheen; naar zijn zeggen blij van die verdomde werf af te zijn, wel bedingend zijn handeltje in sigarenstompen te kunnen voortzetten en toch wel enigszins geschrokken van de onmogelijke hoeveelheid boeken die in vele jaren op en over elkaar waren gesmeten en in elkaar verschimmeld. Maar hij bleek genegen dat wat er overbleef eens flink op een rij te zetten. De kosten van de nieuwe rekken, een goede belichting en het presentabel opstellen van de andere curiositeiten kwamen ten laste van Kwik, wiens ogen tijdens deze mededeling haast over elkaar schoven van de dubbelzinnigheid.

In de warboel van de winkel bleek Ran in korte tijd oud geworden, zijn pak slobberde om hem heen, de schouderbladen staken daar scherp onder af, hij stond gebogen en zijn ogen dwaalden bij tijden weg op een kwalijke wijze. Vertederen deed mij dit allerminst, te sterk herinnerde ik mij zijn verachtend opzij zien terwijl hij zijn vieze praatjes aan anderen verkocht.

Wat betreft mijn beweegredenen voor wat ik van plan was is hier het volgende niet zonder belang. Ik ken Ran al vanaf mijn jonge jaren, toen ik een buitengewoon grote belangstelling had voor schilderijen en tekenen. Dat is zonder twijfel nog te zwak uitgedrukt, voor mij was deze belangstelling niets meer of minder dan een ziekte. Hoewel ik maar weinig geld te besteden had bracht ik vele uren door aan de stal van Ran om datgene te zoeken wat ik zelf nog niet wist maar dat ik, als ik het zag, op slag zou herkennen en wel met grote doorslaande kracht. Mijn vader kende Ran wel, een onbeschofte kerel zei hij, met een uitdagende blik, en hij zei dan ook aangenaam getroffen te zijn geweest door het bericht van zijn overlijden.

Enige tijd na deze opmerking zat ik op een avond in mijn kamertje mijn huiswerk te maken toen de deur openging en Ran verscheen, die op de rand van mijn opklapbed ging zitten.

'Geen rust in je gat Ran?' vroeg ik.

'Nee,' zei Ran, 'er zijn wat moeilijkheden gerezen aan mijn kant. Ik bevind mij in een moeilijke positie en mijn vraag is mij wat geld te willen lenen. Dan zal ik zeggen wat mij is overkomen.'

'Dat is goed,' zei ik, 'al is mijn zakgeld heel erg gering.'

'Allereerst,' zei Ran, 'is dat wat mij is aangedaan zeer verwarrend, ik was mij om zo te zeggen nog maar net ontvallen en lag opgebaard in mijn kamer toen er twee beambten verschenen die mij arresteerden. Het waren dikbuikige, lijvige lieden, die loodkleurig waren in het gelaat, ze voerden mij weg over straat, maar zo dat niemand het zag. Waarheen? naar een enorme hal zoals bleek, waar het van beambten van hetzelfde type wemelde. Daar werd recht gesproken, ik moest knielen, het hoofd buigen en een stem vroeg mij naar mijn naam. Naar de geur te oordelen speelde een muf boekwerk hier een grote rol. Wij baseren ons op een anonieme klacht zei de stem, ons schriftelijk meegedeeld en ondertekend met "een goedmenende, ingekeerde knaap". De aanklacht betrof een alleen bij nader inzien afschuwelijk feit, wat mij deed sidderen om wat hierop volgen moest.

Ik realiseerde mij echter al spoedig dat het om een rechterlijke dwaling ging, en toen mij werd gevraagd op de beschuldiging te antwoorden zei ik dan ook dat er genoeg ongelukkige knapen waren die anoniem wensten te blijven en dat ik mij van het genoemde feit in het geheel niets herinnerde.

Het duurde enige maanden voor men ontdekte dat ik de verkeerde Ran was, de werkelijke Ran zou eerst veel later sterven. Ik werd in vrijheid gesteld maar bevind mij nu, zoals begrijpelijk is, in een moeilijke positie.'

Ik sloeg mijn boeken dicht en wij bespraken de zaak, bezagen haar om zo te zeggen van alle kanten. Zo verging de nacht en toen Ran in de ochtend afscheid nam en mijn geld bij zich stak zei hij dat de werkelijke Ran een boekverkoper was op de Prinsegracht, waar hij een stalletje had en zijn kwalijke praktijken uitoefende. Nadat hij dit had gezegd was hij ook tegelijk verdwenen, wat mij ondanks alles bijzonder verbaasde.

Ik sliep nog een paar uur en hoorde die dag dat een zekere Ran die alles kocht, ook boeken, diezelfde nacht was gestorven, maar ook dat een schoolknaap was weggejaagd van school wegens perfide laster.

Ik begaf mij naar de stad voor een condoleancebezoek en trof de nabestaanden, die zich in de winkel hadden verzameld en mij boos aankeken. Die nacht droomde ik dat Ran mij opnieuw bezocht en vertelde dat de andere Ran ter helle was gevaren, en daar een tijd zou moeten doorbrengen alvorens te worden herboren als een ingekeerde en beklagenswaardige schooljongen.

❀

Weer een ander licht werpt de figuur van Chrisje op deze zaak. Ik zat op een middag in de diepe leunstoel van Ran, dat versleten leren meubel waarin hij een groot deel van de dag zo ergerlijk prima verzorgd zat te wezen, en mediteerde wat over de verschillende aspecten van mijn aanwezigheid daar in dat grote huis. Het was een dubben waarin het zich herinneren een grote rol speelde, en dat te omschrijven zou zijn als het geheimzinnig kloppen dat is te horen achter een muur, op de plaats waar vroeger een deur heeft gezeten die later is dichtgemetseld. Chrisje was een soepel gebouwd meisje, zo smeuïg in haar bewegingen dat het me niet verbaasd zou hebben als ze kleine eindjes zou hebben gevlogen. Ze behoorde tot het witte soort dat mijn grote belangstelling heeft en waarover het maar 't beste is te zwijgen. Ze bezat echter een bij dit alles totaal niet strokende eetlust en dat was beroerd, al dat gepruim, die volle mond, het kauwen met opeens krachtige kaken, dat zo behendige in de weer zijn op het bord, het happen van overvolle lepels en vorken. Het is de anti-geest.

Vaak was ik alleen met haar in dat grote huis, een speciaal gevoel vol mogelijkheden die echter maar geen vorm konden krijgen. Ran sliep overdag zijn nachtelijke escapades uit en Chrisje was altijd wel te horen, hoog of laag en met de stoffer bonkend of ze oerwoudsignalen uitzond, naar mij... een krakend pand op zichzelf. Natuurlijk ontmoetten we elkaar wel eens een keer, bij twee onrustigen kan zoiets niet missen, al was het maar onder het zo door mij gevreesde eten. Ze mocht me, daarover was geen twijfel en daardoor ontstonden de tastende aanloopjes voor een gesprek. 'Ran heeft veel boeken,' zei ze een keer, 'maar hij weet niet veel, eigenlijk niets.'

'Dat is zo,' zei ik koeltjes, wat haar niet scheen te bevallen. Een andere keer volgde ze mij naar mijn kamertje hoog in het huis, dat met al die trappen voor mij een hele hijs was. Vermoedelijk wilde ze misbruik maken van mijn ademnood. Ik zweeg dan ook, achter adem maar ook omdat ik van plan was geweest een uurtje op de harde grond te gaan liggen voor mijn rug. Daarom stond ik opeens in dat kamertje en wist niet goed wat te doen. Het was zo'n kamertje met een bed waaraan koperen spijlen, en met een prent aan de wand met een schip op zee en dat zijn niet de meest inspirerende kamertjes. In het hare had ik liever gestaan, ik meende echter vaag dat zij zo iets niet bezat, en eerst op dat ogenblik drong het tot mij door dat ik mogelijk in het hare stond en dat zij het voor mij had ingeruimd. Ik kuste haar afstandelijk op het voorhoofd en vroeg: 'Om welke reden verlaat je het spinnewiel?'

'Dit heeft iets van een kamertje waarin iemand is gestorven,' zei ze rondkijkend.

'Mijn grootvader had zo'n kamertje,' zei ik, 'dat wordt dus weer dromen vannacht. Zelden heeft een goed mens mij zoveel kwaad gedaan als mijn grootvader door bij ons thuis te overlijden.'

'Het is lelijk over iemand te praten achter zijn rug om,' zei ze.

'Helemaal niet,' stelde ik haar gerust, 'het is het meest natuurlijke,' want ik voelde dat ze het over Ran wilde hebben maar ze herstelde zich en trok zich terug. Andere keer beter.

'Waar zijn je ouders?' vroeg ik die andere keer.

'Dood,' zei ze, 'eeuwen geleden, ik kan ze mij niet eens meer herinneren.'

'En Ran?'

'Ran vermaakt mij alles, zegt hij, ook de boeken. We zouden kunnen corresponderen,' voegde ze eraan toe, 'zo achter ieders rug om.'

's Nachts lag ik vaak aan dat soort opmerkingen te denken, ze werden ondersteund door geluiden uit het diepe van het huis, die al overal zijn beschreven, in alle verhalen over oude huizen, en waar niets nieuws meer over valt te vermelden. Behalve dan in mijn geval waar al deze overbekende geluiden als nieuw waren en van een nog ongekende betekenis voorzien, mij zelfs als ze heel dichtbij kwamen het kippevel over de magere leden joegen. Fluisteringen waren het, hittig of woedend dat was niet altijd uit te maken, maar het was vuilbekken dat mij in de rug duwde, streelde en wreef. Zachte voetstappen zochten iets in dat huis, schuifelden rond en grote ogen staarden in het donker en lieten de hoeken nog donkerder worden. Op een nacht kreeg het duister gestalte; het stond midden in mijn kamertje en wel zo dat ik voelde hoe ogen mij begluurden en oren zich spitsten. Nadat deze gedaante zo een tijdje roerloos had gestaan zag ik haar bukken met bewegende handen alsof het duister werd bevoeld en betast. Daarna werd ze kleiner en kleiner en begon vervolgens over de grond te kruipen in de richting van de deur, waar zij verrees en postvatte. Ik was gevangen, kon mijn kamertje niet meer uit en toen ik me dat realiseerde bonkte mijn hart ervan tussen of het zou breken. Eindelijk bewoog de gedaante weer, ik hoorde een zacht gerinkel, daarna het kraken van de deur en dan het zachtjes sluiten.

Na een tijd te hebben gewacht stak ik het nachtlampje aan, er nog steeds op rekenend gillend te worden besprongen. Het kamertje was leeg en in een enkele blik zag ik hoe mijn kleren waren doorwoeld op zoek naar geld. Ik wist met grote helderheid dat ik bezoek had gehad van Ran, ja dat ook het vorige bezoek door hem was gebracht, dat de een of andere verwarring in zijn oude hoofd hem in mijn bed had doen stappen; dat wonderlijk vermogen schenkt ons de ouderdom, namelijk op twee plaatsen tegelijk te kunnen zijn, bij voorbeeld in het eigen bed en tegelijk in dat van een ander. Het bewees ook met een schok dat Ran geen koffer had met geld maar overeind werd gehouden door de gier ernaar, en daar ergens in de nacht bezig was mijn geld tegen geld te zetten. Dat was ergerlijk genoeg, al opende het ook weer perspectieven, maar het ergste vond ik dat hij mij mijn nacht ontstolen had: mogelijke bezoekjes uit het graf, een engel om mee te worstelen, een visitatie van God mocht weten wat, maar iets dat het Al niet zo goddeloos en leeg zou doen zijn. Dat had die verdommeling mij afgenomen en dat verwierf in mij een diepe bronzen klank omdat het resoneerde in veel, heel veel...

❁

Op een ochtend verscheen Chrisje met een totaal andere haardracht, vraag mij niet hoe precies, maar wat naar voren had gehangen was naar achteren gekamd, er was ook iets aan de hand bij de oren en in de hals was er naar mijn gevoel te veel bloot gekomen. Haar is een taal en die beviel me niet, evenmin als de oogleden, die zwaar over traag bewegende, ondoordringbare pupillen hingen. Het gezicht was daarbij bleker geworden maar met kunstmatige middelen, strakker ook. In de ochtend, met uitzicht op de rommelige tuin, waar veel vermolmd en groenig afval was gestapeld dat mij altijd met een vreemd en diep geluk vervulde, zag ik het in een flits, ze had opgehouden jong te zijn.

'Beval ik u zo?' vroeg ze aan het ontbijt, de tijd waarin de dingen op de tafel staan als in het licht van de eerste dag, en die ik waar en waarachtig niet schuw met een kerkgang te vergelijken. Men kan zich voornemen nooit over zo iets te praten om het ongeschonden te bewaren, maar het wordt ons toch ontlokt, op de meest uiteenlopende manieren, zoals ook in mijn geval.

'De wetten van hemel en hel zijn wispelturig,' zei ik, 'waar je in verzeild raakt hangt van kleinste details af. Ik weet van lieden die ter helle zijn gevaren om een enkel woord en anderen die de hemel hebben bereikt op een landweg of achter een kop thee op het juiste moment. We moeten maar bidden dat er veel voor ons onbegrijpelijk blijft, ik ken geen andere hoop.'

'Beval ik u zo,' hield ze aan.

'Wat dacht je?'

'Alles op z'n tijd,' zei ze.

Soms als ik mijn kamertje binnenkwam en de deur achter mij dichtdeed, merkte ik dat de dingen veranderd waren. Het zat niet in het bed, dat iedere dag werd opgemaakt, maar in het niet verschoven zijn van een plant voor het belabberde raampje, het schijnheilige stapeltje ondergoed, het koffertje dat al te zeer niet was aangeraakt, mijn *Parerga et Prolegomena*. Ik zag letterlijk hoe deze attributen hun plaats hadden verlaten maar met feilloze zekerheid weer op de oude plek terug waren gezet. Ik las mijn spulletjes als een tekst:

de behoefte om aan te raken, te betrappen, het met kleine stapjes in bezit nemen, mogelijk de ergernis van het vreemde. Ik zei er niets van, hoe ook? ik bleef vriendelijk, een heer in de herfst, een weinig met zijn gedachten elders en met die specifieke hoffelijkheid waaruit iedere betrokkenheid is verdampt, wat zozeer het kenmerk is van de echte heer. Ik was overtuigd van haar genegenheid voor mij omdat ze die in mindering bracht op die voor Ran. Ze omhelsde hem nog wel precies zoals in het begin van mijn bezoek maar was er al mee klaar nog voor ze was begonnen. Ik heb daar een scherp oog voor, heb daar ook veel ervaring mee en gunde het Ran dan ook van harte, het verheugde mij dat hij er zo ongelukkig over was.

Soms kon Chrisje mij wat afwezig met een vingertop aanraken, zo alsof ze voor zichzelf een bezit vaststelde en de realiteit daarvan wilde ervaren. Ook had ze een manier om met mijn kleren om te gaan, mijn jasje en overjas bij voorbeeld, en mijn schoenen, die mij het bloed naar de kaken joeg, te teder zou ik zeggen, te dichtbij, in ieder geval een stoornis diep van binnen.

Een keer in de tuin, in de schemering zag ze wat takken bewegen en beweerde een hoofd te hebben gezien dat zich daar aftekende.

'We zijn afgeluisterd,' zei ze en schoof sterk op in mijn richting.

'Waarom zou iemand ons afluisteren,' vroeg ik zogenaamd onschuldig.

'Ja, waarom zou dat kunnen zijn,' zei ze, 'als een man en een vrouw met elkaar praten in de schemering.'

'Het is een tijdige waarschuwing,' zei ik, terwijl ik bedachtzaam knikte.

Daarna begon ze 's ochtends lang uit te slapen, wel ben ik een gast die graag alleen aan de ontbijttafel zit maar dit stoorde mij, omdat ik haar niet bezig hoorde in het grote huis. Ook Ran nam nergens deel aan maar dat was usance, die kwam in de ochtend uitgeput thuis en viel direct om in de richting van zijn bed. Dat was allemaal beter te overzien.

Op een ochtend zei ze zonder enige aanleiding dat ze zich nooit moe voelde of last had van hoofdpijn of rugpijn.

Dat viel me op want als dat wordt gezegd is meestal het tegendeel het geval.

'Ik zie er toch niet slecht uit,' viste ze verder.

'Nee,' zei ik, 'maar wel is mij opgevallen dat je zo lang uitslaapt.'

'Dat betekent niets,' zei ze, 'ik dommel graag in een half-slaap.'

'Prokter wokter,' zei ik.

'Wat?'

'Naar de dokter, voor bedenkelijke slaperigheid, onverklaarbare moeheid, mogelijk bloedarremoei.'

Naar de dokter ging ze niet, wel verscheen de meubelvrouw uit de Keizerstraat als hulp voor het grote huis, misschien zelfs een stille wenk in mijn richting om op te krassen, maar ik had de indruk dat de troepen, die zo langzamerhand in slagorde stonden opgesteld, nu ook wat oprukten. Een bazige vrouw, die toen ik haar vroeg hoe het met de winkel was geregeld kort antwoordde dat de Kwikpop daarop paste.

Zo kwam het dat er op een ochtend vroeg werd gebeld, zeer uitzonderlijk want huis en boekwinkel kwamen pas laat tot leven. Ik luisterde scherp maar er werd niet opengedaan. Ik ben graag op de hoogte, en nieuwsgierig genoeg om in piama aan de voordeur te verschijnen. Ik hoorde hoe de meubelvrouw, die in de achterkamer sliep, zich haastig aankleedde, naar de deur ging, alwaar werd gemompeld, waarna voetstappen haastig de trap op gingen.

Op dat moment verscheen ik boven aan de trap, zo alsof ik in mijn slaap was gestoord en uiteraard eens een kijkje ging nemen naar het hoe of wat, en zag haar kloppen aan de deur van het rommelkamertje waar Chrisje toen sliep. Er kwam geen reactie, ik draaide mij al half om want ik wilde in geen geval hinderlijk aanwezig zijn, maar wachtte toch nog even om te horen of het stil bleef. Daarna zei ik naar beneden: 'Wie heeft haar nodig zo vroeg in de ochtend?'

Ik kreeg geen antwoord van de meubelvrouw, die toch bereidwillig genoeg tegen mij is, maar deze klopte opnieuw en nu beslist veel harder.

'Misschien is ze ziek,' zei ik, ook harder, 'ik zou maar eens een kijkje nemen, straks sterft ze ons nog onder de handen weg.'

De meubelvrouw ging inderdaad naar binnen, want Chrisje doet haar kamerdeur nooit op slot, maar veel te snel was zij er weer en keek vreemd voor zich uit op de trap. Ik wachtte gespannen, nog steeds in de houding van de man die al weer op weg is naar boven.

'Niets aan de hand,' zei de meubelvrouw, maar zo toonloos als iemand die met zijn gedachten niet bij zijn stem is maar bij heel andere dingen. Uiterst wantrouwend daalde ik nu verder de trap af met de zekerheid dat het kamertje of leeg was geweest, of anders te vol, met daartussen nog wat huiveringwekkende mogelijkheden voor iemand met fantasie. Merkwaardigerwijze dacht ik hierbij sterk aan Olie. De meubelvrouw was opeens verdwenen, richting voordeur zoals bleek, waar natuurlijk alles weer onderging in gemompel. Ik stond daar, door alle gebeurtenissen alleen gelaten, opeens oud, op een vreemde plaats, in een ondoorzichtige werkelijkheid en geen troost in zicht.

Daarom maakte ik lawaai, wel zo dat het nog te verdedigen zou zijn, maar niettemin onmogelijk om doorheen te dutten. Ik stampte woedend maar ook als iemand die per ongeluk struikelt, deed iets met een stoffer wat alleszins begrijpelijk was, zette de kraan vol open en sloot die weer plotseling zodat het door het hele huis schokte en deed een deur wat te hard dicht. Binnen deze activiteiten moet zij het kamertje hebben verlaten, daar zij toen ik beneden kwam al alles voor het ontbijt had klaargezet, en wel zo dat ik mij afvroeg of ik me niet veel had ingebeeld, al prooi was van de bekende verwardheidstoestanden waar men in tehuizen zo'n weet van heeft en zo goed raad mee weet.

Een glimp van triomf in haar ogen en ook in haar bewegingen deed mij van brandende vragen afzien. Ik dacht bij dat ontbijt wel aan Kwik de poppenspeler, die het nog niet zo lang geleden nodig had gevonden zijn verbintenis met vrouw Kwik wat nader toe te lichten. Deze opening van zaken zo snel na mijn bezoek aan haar in de Keizerstraat was veelzeggend. In vroeger jaren, zo vertelde hij, had hij de keus gehad tussen ene Jule en ene Otje, die beiden een dienst hadden in een goed huis. Alle twee excelleerden niet als koplopers van de geest, ze wilden een goede partij en in Kwik roken ze de elementaire kracht van de overlever. Jule, die bijzonder korte vingers had die ook een beetje blauwig waren, bedroog haar baas en bazin waar ze maar kon en zij was zo vingervlug dat ze het zelf niet meer kon volgen. Zij was verder rechtschapen en goedhartig zonder meer, van haar troggelde hij zonder moeite iedere penning af die zij verdiende of waarvoor ze groot risico had gelopen. Zij was alleen voor hem op de wereld, voor hem, Kwik, en waarachtig zo was het. Hij had toen geld nodig dus dat kwam goed uit, voor nette en opvallende kleren die onmisbaar waren in het zaken doen. Haar devies was dat het beter was om te geven dan om te nemen, en hij zei daar van harte amen op en nam met het geringere dezer beide begrippen, het nemen, genoegen.

Otje daarentegen was een geslepen canaille. Zij pikte hem in diezelfde tijd alles weer af, ze had wel vier paar handen, die tekeergingen als jonge honden, was van hoofd tot voeten een alomarmingsgloed en kietelde hem onder de kin en in de nekharen op de wijze van het dierlijke en goddelijke. De hele som van Jule had ze in de knip toen ze onder de grootste tederheden scheidden met dure eden en kussen en wat al niet meer. Mok en wrok had hij haar nooit nagedragen, wat toch voor de hand zou hebben gelegen, eerder het tegendeel, daar hij al spoedig Jule liet schieten, die hij recht in de ogen een combinatie had genoemd van meel met water. In welke zin dit op het noodzakelijk bestaan van vrouw Kwik wees was mij toen niet duidelijk, eerst aan de ontbijttafel zag ik de metafoor: tussen deze beide polen van zelfzucht en overgave restte nog slechts de huishoudster, een pop waarvan hij alle draadjes in handen had. Zou hij zich nu in het vroege ochtenduur om Chrisje hebben gemeld, dan wierp dit een schril licht op zijn bezoek. De sluwe vos zou zich niet meer laten strikken door een onhanteerbaar verlangen, hier zocht een speler een pop...

Vreemd was ook mijn waarneming op een avond, toen ik op weg naar mijn kamertje voor wat aantekeningen het hare terloops even betrad. Op een stoel lagen daar een overjas, een ronde hoed en ook bretels, waarin een overdreven patroon was geweven. Ik kon mij niet herinneren daar kleren te hebben achtergelaten, herkende ze trouwens niet als de mijne en verder ook niet. Een snelle fouillering bracht geen uitkomst. Graag had ik geweten hoe die kleren daar waren gekomen, maar daar stootte ik op een muur van stilzwijgen in de vorm van een grote verbazing en een verder wurmen en draaien in onbenulligheden, een en ander met de meubelvrouw aan het hoofd. Ik weet nog hoe ik mijzelf aantrof in mijn kamertje als 'de man aan het venster', zo met de hand aan het voorhoofd uit het raam starend, een vaak afgebeelde pose.

Hier zij opgemerkt dat ik op een voor mij gunstig moment mijn status van logé had verlaagd tot die van commensaal. Het gaf mij een wat zekerder gevoel, hoewel veel minder vrijheid. Opeens moest ik met alles zuinig doen: met het water uit de kraan bij het wassen, het gebruik van wc-papier, het elektrisch licht et cetera. Graag had ik dan ook gezien dat mijn voorstel met verontwaardiging van de hand zou zijn gewezen maar het tegendeel was het geval, mogelijk afgedwongen door financiële omstandigheden. De rol van Chrisje was hier een betreurenswaardige, al moet ik ook zeggen dat dit mij niet verbaasde.

Ik was degene geweest die had ontdekt dat Ran een speler was, ik was hem gevolgd en waar anderen zich verbaasden over bovennatuurlijke gaven was ik het die ontdekte dat hij alleen zogenaamd de deur achter zich dichtdeed, in werkelijkheid stond hij dan nog binnen, in een nis bij de kapstok achter de kleren, en ging pas veel later geruisloos weg. Zelfs Kwik had dat niet door gehad of anders om duistere redenen niet willen zien. Het verbaasde me niet dat Ran een speler was, een goeie zoals ik hoorde maar dan zo een die toch steeds verloor, ik kon mij zijn lepe gezicht uit mijn jeugd nog goed herinneren, een gezicht van steen maar desondanks leep.

De verbouwing van de winkel had ondertussen grote vormen aangenomen en was geheimzinnig uitgegroeid tot een bouwerij. Stukken kalk waren van het plafond gestort en tot pulver uitgelopen, op de stoep lagen stapels planken, het onvermijdelijke bandijzer, gebroken metselwerk en glas en lange flarden bruin papier. Een nevel van zeer fijne kalkstof trok door het hele huis, drong zelfs door tot mijn hooggelegen kamertje, waar ik met de vinger mijn naam kon schrijven in het stof op mijn tafeltje.

Zo werd Ran als hij 's ochtends thuiskwam en te moe was om nog te kunnen denken zijn huis ontzegd, een lot erger nog dan dat van Odysseus, die tenminste nog vrijers aantrof in plaats van bouwlieden. De straat drong met het stof mee het huis binnen, en daar Ran op de begane grond zijn kamer had bleef hem nog maar een mogelijkheid, het rommelkamertje van Chrisje. Daar sleepte hij zich heen als naar een laatste restant menselijkheid, kroop in het warme bed terwijl Chrisje eruit klom en er dan naast ging zitten op een stoel, in een ongemakkelijke dommel omdat ze niet anders kon dan laat inslapen.

In de avond voor hij vertrok speelde hij dan nog de ontheemde, de verdroomde en hulpeloze en trok zo een wissel op de volgende ochtend, maar er waren andere tijden aangebroken. Daar zorgde ik voor, ik maalde de koffie in de avond als hij weg was, zorgde een enkele maal voor iets erbij, dribbelde wat, ontstak de lamp en als het zo uitkwam, en dat het uitkwam daar zorgde ik ook voor, dan vertelde ik. Op die manier zorgde ik voor een niet ongunstig contrast met hem wiens verworden hoofd ze in de ochtend langdurig had kunnen bekijken, snurkend met open mond, en die overdag zo verwezen rondscharrelde in een vernield huis. Hier vond Kwik nog een ondersteunende taak, door mij over het een en ander ingelicht bereikte hij zelfs zo'n overeenstemming met mij dat ik mij waarachtig tegen gevoelens van genegenheid moest wapenen. De korte schets was deze, dat de bouwerij, waartoe Ran met grote overredingskracht was overgehaald, door arbeidsloon en materialen tot rekeningen voerde die er waarachtig niet om logen, maar dat Kwik alle reden had deze lang onder zich te houden (wat er in de bus viel deed dit op tijden waarin Ran sliep) tot er steeds dreigender taal werd gebezigd. Deze bewolkte rekeningen bracht Kwik hem dan onder het oog op ochtenden dat hij veel verloren had en in noch uit wist. Zo werd hij definitief ridder te voet, en zijn vlucht naar het kamertje om daar Chrisje uit bed te jagen bleek onvoldoende. Deze zorgen, een huis vol mensen, het dolmakende lawaai en de spanningen van het spel dat voor hem steeds meer een zaak van leven en dood was geworden drukten hun stempel op hem. Hij begon in halve zinnen te spreken, gebaren te maken die nergens op sloegen, vergat veel en zijn gestalte, eens zo open en fier, toonde tekenen van verval. Ik zag dit met enige zorg aan, vooral wat zijn geestelijke capaciteiten betrof, hij moest ten slotte helder blijven om de ontknoping nog te kunnen meemaken zoals ik me die voorstelde, en achter deze goede wensen prevelde ik vroom 'dat geve God', daar Deze, naar ik had gelezen, ook een wrekende was.

Helemaal negatief wil ik hier niet zijn daar het jammerlijk lot van een ander toch ook een bezwerend karakter heeft. In de diepte van ons, haast vergeten, ligt de voorstelling dat er maar een pijl tegelijk op de boog kan, en gaat een naaste tragisch ten gronde dan is er toch in de directe omgeving als het ware weer een poosje rust. Ook verdwenen in deze ontwikkeling het tergende raadsel van de hoed en de jas op de stoel van het kamertje, en ook het zo raadselachtige bezoek in de vroege ochtend, dat van Kwik moest zijn geweest, compleet met de te begrijpen weerstand om de deur voor hem te openen. Dat de kleren er ook 's avonds nog hadden gelegen is te verklaren uit het tijdstip, dat mogelijk nog gelegen was voor het avondlijk vertrek van Ran, en wijst verder op de onwil van Chrisje naar bed te gaan vanwege haar late inslapen. Dit laatste met een sierlijkheid waarin de opluchting nog een sieraad apart is.

Hier is het zeker de plaats om iets te vermelden dat zonder meer bijzonder is te noemen: Chrisje, de frisse, aantrekkelijke maagd, al op de eerste blik uitverkoren door Knobbe, door Kwik, al trachtte deze het steeds te verbergen, en door mij, was oud geworden. Oud wordt men niet met kleine nerfjes hier en daar, wie zou dat beter weten dan ik, maar met een schok. Men gaat te bedde en staat 's ochtends op in een andere leeftijdsklasse. Eerst kon ik het niet geloven, meende dat 't in het licht zat, direct of strijkend, te hel of te diffuus, maar het was haar huid die veranderde, wel onzichtbaar maar aan het oppervlak van het gezicht is het kleinste al veel. Vooral bij de mond en bij de slapen voltrokken zich processen die weliswaar onzichtbaar waren, maar hun sporen nalieten voor de ervaren zoeker. Het was zoals gezegd begonnen met de verandering in de haardracht, die was niet langer juveniel maar vrouwelijk, en zo was het ook met haar bewegingen, die hadden gewonnen aan een zeker naijlen, zoals ook een draad wol niet direct de verandering volgt van de bewegende hand. Dat is een winstpunt, dat zowel raakt aan het wondere van het kleine als aan mijn bijzondere instelling daartoe. Ik bedoel hier uiterste verdunningen van verdriet, die zich onder de ogen plegen vast te zetten in lichte schaduwen en ook in subtiele veranderingen van de huid, en waar alleen een door het leven gekerfd man oog voor heeft. Plomp volk spreekt hier maar al te gauw van oogwallen of (erger nog) zakken onder de ogen. Bij dit alles werd ze ook gevulder, op een wat vermoeide wijze, dat was een enkele maal te zien aan de onderarm bij de afwas en dergelijke, die de wulp der jeugd waarin zoveel overvloed en barbarij is vervlochten miste. Het is het versletene, de binnenkant die door het weefsel schemert, voorbode der voorboden van een zacht vergaan, het patine van de dame, loomheid van het Bois de Boulogne met die zalige, niet door te komen middagen.

Ik weet van een huis in Bentheim waarvoor een beboste

heuvel moet worden beklommen. Een smal en overgroeid pad voert er al slingerend heen, niet te zien vanuit het dal of de kleiput aan de voet. In een scherpe bocht staan een paar heraldische leeuwen uit zandsteen, die met een donker mosgroen zijn bedekt. Nog zijn de trekken in de koppen te herkennen, teruggetreden, benijdenswaardige beesten. De keien van de bocht zijn altijd vochtig en glad, dat is jammer want ik raak daar het gevoel niet kwijt van een invite, een lokroep, een mogelijkheid. Wie dan alleen is heeft geluk en tast, hoe belachelijk ook, bewogen en niet tevergeefs naar dat wat totaal is verdwenen.

Een ziekte school nergens achter, zo bleek toen ze op mijn aanstichten een keer naar de dokter was gegaan want om allerlei redenen wilde ik zekerheid, bij voorbeeld of ze om mij besloten had om ouder te worden, zoals anderen juist vechten om jong te blijven, want dat zou dan een teken zijn van grote genegenheid, die Ran wel bijzonder pijnlijk zou treffen maar mij aanzienlijk hinderen. Het resultaat was geruststellend, alles kwam door spanning en zorg en het beste was er eens een tijdje tussenuit te gaan, bij voorbeeld naar het rusthuis voor Socialistische Jongeren, waar dokter zelf zijn invloed toe zou kunnen aanwenden.

Zij voelde er wel voor, slapjes, als ik meeging, maar dat wilde ik in geen geval, de winkel moest toezicht hebben in verband met de bouwvakkers, allerlei zaken moesten nog worden afgewikkeld. Laatste mogelijkheden, zoals het gezelschap van de meubelvrouw, wist ik te slopen middels schilderingen van het gedwongen ronddansen in het woud met een bloem in het haar, het verplicht dragen van een om het hoofd geknoopte vlecht die beide oren bedekte met een knoet zoals bij een koptelefoon, de voorgeschreven zang bij het kampvuur en de daarmee verbonden bronst der knapen, maar vooral van de gesprekken over het goede in de mens, het samen en met elkaar zijn, met aan het eind de gemeenschap der nog beteren. Daarom bleef ze thuis, in de intimiteit der tegen de buitenwereld gekeerden, waar nog de mogelijkheid bestond plotseling tegenover elkaar te zitten met buiten een duisternis waarin alle bekenden waren opgeslokt.

Zo'n moment deed zich voor na een dommelen van Ran, kleine snurkjes, een nu en dan even wakker worden om de mond droog te vegen met een zakdoek en het ten slotte verlaten van het huis. Chrisje was daarover zeer verbaasd want het was buiten bijzonder guur weer en de wind rukte niet alleen aan de ramen maar deed ook de lappen en flappen die binnen waren opgehangen vanwege de verbouwing klapperen en kraken. Ik zelf was niet zo verbaasd, die dag was Kwik weer langs geweest en dat legde weer flink de zweep over de arme boekverkoper. Ik daarentegen zat gezellig thuis en ondergroef zijn echo door nog een blokje op het vuur te leggen. Maar zelden werd het lullige open haardje gebrand, toen echter legde ik er nog een blokje op, dat zo vriendelijk was ook nog wat te knetteren.

Na een zorgvuldig afgewogen stilte wat betreft de duur zei ik, de stoel naar haar toe schuivend, dat ik eens iemand had gekend wiens naam ik niet wilde noemen omdat hij er zo vele had gedragen. Hij zag er niet uit als een flinkerd, eerder als een schoolmeester van een onrustige klas die veel moeite moest doen om de orde te bewaren, en dat gaat nooit met behoud van waardigheid. In zijn haren kwam al vroeg het grijs, zijn gang was ras gebogen en op een dag, maar vraag me nu niet wat er precies gebeurd was, werd hij een verteller. Eerst had hij dat zelf niet in de gaten maar langzaam groeide hij uit tot zo iets als een ongrijpbare in het café, de tram of op een terras aan het water. Misschien heb je wel eens van hem gehoord zei ik, want in heel wat steden is hij verschenen en onder heel wat verschillende gestalten. Zijn geheim bestond uit een boeket van afwijkingen, zoals het bijgeloof een medium te zijn, een incarnatie, in het geweld te staan van een openbaring. Zijn gereedschap was een mengeling van Theologie, Filosofie, Juristerij, plant- en dierkunde en wat al niet meer, het ging er maar om dat men rechtop ging zitten. Zelfs hielp hij een ziener meer geesten te zien en visioenen dan deze aankon. Wat de man bezat was de wondere gave van het fabuleren en opsnijden, zijn fantasie en behendigheid van tong was die van een goochelaar, zijn lust tot liegen niet te overtreffen. Wie hem binnenliet had een goede avond, men hield hem wel voor een oplichter maar verlangde naar zijn stem op de trap. Onwaarachtigheid was zijn tweede natuur, niemand was voor hem veilig maar er was geen wet om hem mee achter de broek te zitten. Zijn hoon kwam niet uit een vertoornde ziel, zijn tederheden niet uit genegenheid of liefde. Waar hij het over had was dat wat wij zijn vergeten, waar we steeds naar op zoek zijn zonder te weten naar wat. Achter de menseneter, de paard- en de bokman, de zielevogel en de Grote Moeder schemeren de woedende oude, de buurvrouw die doet verstenen, de dienstmaagd en de bedelaar, daar weer achter de pop, de soldaat, de jager en de koetsier, maar nog het diepst hokken het locomotiefje, het ijzeren gezichtje van de speelgoedjockey, de op karton geschilderde sneeuw. Loshangend pluksel van de achterkant, waarvoor de taal moet worden uitgevonden, opnieuw in ieder verhaal.

Hij had een leerling die hij de onverzadigbare noemde. Deze probeerde men uit te horen over zijn meester. Desgevraagd antwoordde de jongeling dat hij de meester bestudeerde omdat hij de indruk had dat deze hem iets wilde zeggen. Op de vraag wat dat dan wel wezen mocht bleef de jongen het antwoord schuldig. Een goede leerling, wat later vond men zijn kamer leeg, de vogel gevlogen.

Of ik enig idee had vroeg Chrisje, die de hele uitleg met belangstelling had gevolgd.

Nee, zei ik, wel had ik een keer geïnteresseerd opgekeken toen ik op een avond waarop ik vertelde ook op straat was gezien, in druk gesprek met een nog jonge maar toch al wat verlepte vrouw.

Ohee.

Zeker, zei ik, het had mij herinnerd aan de avond toen Ran onverwachts thuisbleef maar niettemin in de stad zijn robbertjes had uitgevochten. Toen ik dat had gezegd lachte ik luid en hartelijk, zoals iemand die de hele zaak daarmee van de tafel veegt. Maar ik had de situatie goed onder controle en liet in de volle vlucht van deze opluchting mijn gezicht plotseling verstrakken, zo alsof iets tot mij doordrong dat mij grote schrik bezorgde.

❀

Knobbe was druk in en met de winkel, die zich maar bleef uitbreiden. Bouwerij is chaos en derhalve iets om zich snel bij uit de voeten te maken, maar onwillekeurig valt er toch wat op. Hier waren het de ramen die vreemd aandeden, kleiner en van boven gebogen, hier en daar met een zuiltje ertussen, maar misschien had dat nog te maken met resten sacrale intimiteit, die zo gunstig kunnen werken bij de offerte van het boek. De leiding van dit alles rustte in handen van de door God verlaten Kwik, bij Ran zeker niet, deze ongelukkige zou zeker niets liever hebben gewild dan samen met zijn winkel vermolmen. Het vreemde was dat ondanks alle geweld buiten de boograampjes nauwelijks enige structuur viel te ontdekken, het wekte alles bij elkaar de indruk of een nukkige titaan met een ochtendhumeur zich ongericht uitleefde. Knobbe, die geheimzinnig deed of hij van alles op de hoogte was, deed dit zonder enige overtuiging, en ook in de financiering moesten zeker schaduwpartijen zijn, daar volgens mij Ran geen rooie cent meer bezat al weet je dat nooit bij een speler.

De jongeheer Olie, die de plaats had ingenomen van Knobbe, was als geketend aan de werf, hij hoefde zich niet af te beulen maar moest wel altijd aanwezig zijn en dat was hem dan ook gauw genoeg en in de meest letterlijke zin ingehamerd. Ook 's nachts had hij geen rust, daar Kwik dan voor vehikels zorgde die door meerijdend bonkig volk snel werden uitgeladen en die na wat snauwen en grommen weer in de nacht verdwenen. Op ongeregelde tijden, met als enige zekerheid dat het donker moest zijn, kwamen andere voertuigen de vrachten dan weer inladen, waarbij Olie niets anders te doen had dan een deur ontsluiten of een luik van het ruim ontgrendelen. Zijn enige kans lag vroeg in de avond, dan spoedde hij zich met niet al te veel risico op de fiets naar de winkel in de hoop zijn Chrisje te zien op welke manier dan ook. Van tevoren bericht geven was onmogelijk, zodat ik hem als de schemering viel op allerlei plaatsen om het huis zag lopen.

Olie was jong, goed gebouwd maar op een vreemde wijze onopvallend. Hij was er en ook weer niet omdat hij zo makkelijk een ander had kunnen zijn en voor 't zelfde geld. Hij was een exemplaar van een soort en om dat een beetje op te vijzelen lag in zijn gedrag iets superieurs. Hij was een blauwe maandag student geweest, waarop deze houding viel terug te voeren. Niettemin had hij toch een punt om te onthouden, daar hij uit die studententijd wat contacten had overgehouden met een jazzorkestje, een feit dat ik in mijn ontwerpconcept toch maar met een potloodstreepje had benadrukt.

Een scheefgezakte modepop, die onder het geweld van de

alles aan het licht sleurende winkel opzij was gesmeten en die besmeurd en bestoft haar executie stond af te wachten, bracht mij in het kader van het voorafgaande op een idee. Ik klopte en stofte haar af, onder troostwoordjes want veel in deze scheefhangende figuur herkende ik in mijzelf, en bracht haar daarna in veiligheid op mijn kamertje. Daar Ran verschillende hoeden bezat die er allemaal hetzelfde uitzagen, al was het ene randje vetter dan het andere, en in de loop der eeuwen enige jassen bij elkaar had weten te krijgen die ook allemaal op elkaar leken viel het mij niet moeilijk een voor hem specifiek paar apart te houden onder mijn bed. De modepop kreeg een karakteristieke jurk aan en ik raad iedere oude die bij tijden last heeft van slapeloosheid en depressies en maar niet uitgerust kan raken door dat alsmaar moeten meezeulen van zijn karkas, zich eens een weg te banen door de kleren van een licht verlepte vrouw als er niemand in huis is. Dat zijn opwaaiende extasen, vliesdunne vormen van ontrouw, het sneeuwen van gemiste kansen en onverhulde smart om de eigen sterfelijkheid. Een goede raad is daar nooit over te praten, geen piep, zelfs niet onder de afschuwelijkste folteringen, daar dit hetzij vroeg of laat tegen u zal worden uitgespeeld.

Tot in de puntjes had ik alles voorbereid voor het moment waarop Olie in een van de portieken aan de overkant van de straat zou verschijnen om daar onmachtig te staan loeren. Toen het eindelijk zover was (en nog steeds verbaast mij het zo verfijnde en edele instinct, de haast profetische blik voor de alledag, het zienerschap, hoe bescheiden ook, dat mij op het juiste ogenblik ter plaatse doet zijn) ontstak ik de lamp die ik bij de deur had geplaatst (na deze eerst op slot te hebben gedraaid daar de geheel onverwachte bezoeker op dit soort cruciale momenten zelden ontbreekt).

Een intiem licht lag over het gordijn, dat ik strak had getrokken middels twee wasknijpers en waarop ik mijn Chinees schimmenspel zou opvoeren. Typisch voor Ran was de wijze waarop hij zijn hoed droeg, nog steeds uitdagend en brutaal achter op het hoofd, de vlotte koopman die geen tijd had om te luisteren, eens goed op te letten wie hij voor zich had en als boekhandelaar toch beter zou moeten weten...

In deze vermomming drukte ik de modepop aan het hart, de lange hals, het profiel en het opgestoken haar lieten in het portiek niets te raden over. Een goede omhelzing moet bestudeerd zijn, ik had zo mijn ervaringen in de Bosjes en kan dan ook verzekeren dat deze studie des te interessanter is naarmate hier eigen ervaringen ontbreken. Nooit omhelsde ik of werd ik omhelsd zoals ik dat had zien doen. Het moet dan ook een perfecte omarming zijn geweest die zich op het gordijn ontrolde, een te benijden schaduwbestaan dat mij, als het ware nog steeds in de Bosjes, met een diep en oud zeer vervulde. Keer op keer drukte ik mijn Chrisje aan de magere ribben, een renegaat stond in mij op en nam mijn plaats in. Wat ik fluisterde houd ik voor mijzelf en wat zij van haar kant losliet gaat eveneens met mij het graf in. Eerst achteraf meende ik een zacht en langgerekt stenen te hebben gehoord, een geluid of iemand ergens in een portiek zat en met de handen voor het gelaat zat te wiegen van misère, in ieder geval docht me het niet uit eigen borst voortgekomen.

Een oude jas, een hoed met een viezig randje, een pop die het slecht was vergaan en wat schaduwen... ontsteld was ik over mijzelf, boos op Ran, die zich zo had misdragen daar voor het raam, en ook op die gedegenereerde Romeo daarbuiten, die zich in zaken mengde waar hij niets mee te maken had, en verder verdrietig over het ontbreken van vlees en bloed in mijn armen. In de terugblik zag ik mij om technische redenen van het scherm walsen en daarna over de grond kruipen om bij de deur tegen beter weten in het licht te doven.

❦

Een kleinigheid om eens langs de werf te wandelen, te zien hoe het Olie verder verging en al ongedwongen converserend het gesprek op Ran te brengen: zijn nobele eigenschappen, zijn zorg en warmte, zijn openstaan voor anderen en zijn zo grote begrip. Het zo in algemene categorieën vervatte gezicht van Olie spitste zich hier toe, verhardde zich, verwierf kleur en ik moet zeggen dat hij al venijn spuwend een eigen en humaan gelaat verkreeg. Zijn gezicht kreeg uitdrukking, substantie en een onmiskenbare gerichtheid. Veel lagen boorde ik aan middels het systeem van tegenwerpingen en ongeloof, en door gekwetstheid voor te wenden, maar uiteindelijk moest ik, na nog een kleine periode van twijfel, de jongeling ruiterlijk gelijk geven. Vooral dat hij zich aan Chrisje zou hebben vergrepen en wel ad oculos woog bij mij zwaar, zodat we ten slotte mogelijkheden wikten en wogen om hem de pin eens flink op de neus te zetten.

Ran, zo zei ik, was toch oud en wijs genoeg om in te kunnen zien dat het hier een onbezoedeld juvenieltje betrof, een kind nog in de groei, even makkelijk te imponeren als te misbruiken, en dat als het ware door het leven zelf, want er was geen familieband tussen beiden, aan zijn zorgen was toevertrouwd. Een steen door de ruiten vond ik te gespierd, daarbij voor dit bijzondere geval een cliché, beter leek mij een geheimzinnige wandelaar die in het voorbijgaan 'ondeugd!' zou roepen of iets van dien aard, of een jazzorkest dat langs zou slenteren en gezamenlijk hetzelfde zou uitroepen aangevuld met 'viezerik!'... Maar het kon gerichter, wat viel er allemaal niet onder deze invectieven. Mogelijk waren er nog wel wat meer groepen te mobiliseren zei Olie, en zijn ogen staarden alweer in kleurloze verten maar zijn neusvleugels trokken nog wit weg. Hij zou Kwik hier eens over polsen, wiens zo vaak aangehoorde verachting en hoon wat Ran betrof best eens een keer deze vorm konden aannemen.

Binnen dit kader verzamelden zich in de straat van de boekwinkel enkele groepen, het was tijdens het vallen van de schemering, een bijzonder uur dat al het dreigende met een grote factor vermenigvuldigt. Niet iedereen was op tijd, zodat het geheel het karakter droeg van een spontane groei, een natuurlijk verloop, wat benadrukt zou kunnen worden bij een eventueel nader onderzoek als het geheel uit de hand zou lopen. Ik noteerde leden van het Heilsleger, het fanfarekorps Sint-Gregorius, veel padvinders onder leiding van ene vaandrig Deuschen, die trompetsignalen zou geven, het Schevenings gemengd visserskoor en de gymnastiekvereniging Vlug en Lenig. Ook was er met fijn inzicht een haringkarretje met een petroleumlamp die dramatisch blikkerde zoals ik dat wilde hebben, er waren zelfs een paar forse vrouwen die de armen in de zij zetten, en vaandrig Deuschen dus, die in uniform de trompet stak, maar het geheel kwam niet op gang. Ik verbaasde me hoe er ooit in de geschiedenis hoofden waren rondgedragen en mensen aan lantarenpalen waren opgehangen dat het een lieve lust was. Wat kon er ontbreken aan een decor zo geschapen en op maat gesneden voor een schrijnend onrecht. Bier werd er wel gedronken, het was te verkrijgen aan een open raam, maar daar werd alleen gebruik van gemaakt door het fanfarekorps, de grote oervormen werden er niet door losgemaakt, er rinkelde geen glas, er vloeide geen bloed.

'Wij willen het hoofd van Ran!' riep Olie vanuit een portiek om een beetje galm te hebben. Ook ik riep: 'Wij willen het hoofd van Ran!' en keek daarbij ijlings om alsof ook ik wilde weten waar die stem vandaan kwam, dit om moeilijkheden te voorkomen. Ik schrok van deze stem, die, dun en schril, mij totaal vreemd voorkwam, en in de tamme straat kijkend zag ik ook dat niet daar mijn kwetsuur, mijn dragende wond thuishoorde maar diep in de inwendige mens. Het deed me denken aan de dromen in mijn jeugd waarin ik mijzelf aantrof in piama, onwennig knipperend op het schoolplein en met de handen kouwelijk tussen de benen.

Foeterend liep ik naar het Valkenbosplein en nam daar een taxi. Toen ik weer terugkwam was de straat nog niet leeg. Kwik zag ik niet meer, hij was net vertrokken hoorde ik. Eerst had hij zich nog voor Olie opgesteld en hem bars gevraagd wat hij daar in de straat uitspookte en of hij niks beters te doen had. Hierop had Olie braaf en zoals afgesproken geantwoord dat hij was gekomen om mee te delen dat in de schuit brand was uitgebroken en dat het er allemaal slecht uitzag voor Kwik.

Deze trof inderdaad een kwiek vuurtje aan en de brandweer reeds ter plaatse. Toen alles was geblust werd zichtbaar hoe groot de ramp was: dozen geblakerde sigaren zonder band, kisten Franse cognac zonder etiket, sieraden uit België, kerkbeelden die niet meer waren te redden en veel gebarsten Engels porselein. Nergens een factuur te bekennen, alles verbrand. Dat zou flink geld gaan kosten, wat de druk op Ran, die bij Kwik flink in de schulden stak door de verbouwing, danig verhoogde. Alles bij elkaar genomen mocht ik niet ontevreden zijn, het was zelfs mogelijk dat Ran zich na het drommen voor zijn winkel ging afvragen waarom het hem zo beroerd was gegaan sinds ik weer in zijn leven was opgedoken. Waarschijnlijk was dat niet, maar niet onmogelijk en het is goed in dit soort zaken de moed niet te verliezen.

❁

In het ochtendkrieken wandelde ik door een bos, mijn stemming was vergevensgezind te noemen, zodat ik nu en dan een gebaar maakte naar opzij als een hooggeplaatst heer die zijn tevredenheid betuigt aan volk ter zijde. Daar ik een groot gevoel bezit voor stemming, beeld, vorm en vlak deed ik verder de bezonken wandelaar na die, de handen op de rug en in gepeins verzonken, zich een voelt met de natuur. Ik kon dat alles zonder enige schaamte doen, daar ik de zekerheid had dat het bos geen andere wandelaars borg en ik waar en werkelijk onbereikbaar was. Dan kan er veel, zowel aan de eigen kant als aan die van het bos. Ik bespeurde dan ook een aangename aandrang en zocht binnen dat wondere geluksgevoel een geschikt plekje op. Ik vond een ondiepe kuil, die aan een kant afgeschermd werd door een omgevallen boomstam nog vol takwerk en van een werkelijk diepdonker fluwelen olijfgroen. Daar liet ik de broek zakken, na eerst nog vorsend om mij heen te hebben gekeken naar jagers, houtvesters en kolenbranders. Daarna nam ik de bekende hurkzit aan en onderzocht op mijn gemakje of ik niet mijn ondergoed zou kunnen bevuilen, of de broek zelf, eventueel mijn bungelende bretels. Alles verrukkelijk uitstel, maar daarna liet ik de zaken op hun beloop. Zelden is er meer tijd en dus aandacht voor het bos dan op zo'n ogenblik, ik bezag de kleinste details van naaldwerk, blad en humus en voelde als het ware hoe mijn ik daarin verzonk. Dankbaar reageerde het bos hierop met knapjes en krakjes en nu en dan een opgetogen tjilp, en het ging zelfs zo ver dat zich op de kam van de boomstam een kasteel aftekende, een donker silhouet met wallen, contreforts en een trans, waar, opgeroepen door de logica van dat alles, een jonkvrouw verscheen, zo eentje met een puntmuts waaraan een sjerpje.

Ik aarzelde geen moment, noemde haar schoon en het bos zuchtte diep en donker. Al wat ik daar zat te doen vergeestelijkte in de grote metafoor van het zich uitdrukken. Voorzichtig pakte ik het wezentje tussen duim en wijsvinger, waarop zij in de as van een nobele traditie flauwviel en vederlicht over mijn vingertoppen hing. Hoe klein het jonkvrouwtje ook was, het was duidelijk Chrisje, en ik rekende haar tot de kinderlijke roes die de oud geworden hurker nog geschonken is na de lange nuchterheid des levens. Wel ontdeed ik haar van haar kleren, die van een zeer fijn gesponnen weefsel waren, maar liet haar het laatste hemdje, dat vanaf haar gulden hals tot halverwege de gepolijste knieën reikte. Ik deed dit omdat de schaamte ondeelbaar is en in het kleine niet wordt verminderd of verdwijnt, maar het was mijn eigen beslissing en een die ik nam in volle vrijheid. Op mijn palm kwam zij spoedig weer tot zichzelf, ik boog zeer ver voorover en koos voor haar vijf fluisterende woorden: ei, hoed, Ran, boek, Rembrandt, en vormde daarmee de verbazingwekkendste zinnen, dan weer liefkoosden de woorden elkaar, dan weer gingen ze met elkaar op de vuist, alles op de palm van mijn hand als las ik in een sprookjesboek: de geschonden roofridder, liefde met een druppel bloed, de menseneter en de kost van een gebraden mensenhart. Dan weer was Chrisje groot, dan weer klein. Klein was ze in een poging om te ontsnappen door van mijn hand naar beneden te springen op een vlekje mos. Er bleef mij niets anders over dan haar vast te binden met een wollen draad, aan handen en voeten zoals de Indianen dat deden. Daarin werd ze groot, in de manier waarop ze erbij lag, een gevangene in een bos, diep in het woud en geen redding mogelijk met al die onbegaanbare paden. Ze lag dus op haar rug met gesloten ogen, totaal uitgestreden en zonder weerstand. Te laat was het voor zedigheid en preutsheid, alle bescheidenheid zinloos. Machteloos was zij in de handen van de machtige en daarom tilde ik haar hemd omhoog en aanzag de leliën des velds. Dat ze geen spoor van parfum deed opwolken maar alleen de dikke lijflucht van Pan en Eros ademde maakte mij week van geluk. Wat leed ik opeens aan mijn geweldige formaat, de onmogelijkheid mij schreiend naast haar op het mos te werpen. Daarom hees ik in ware wanhoop mijn broek op na eerst mijn achterste te hebben gekuist met vochtig gebladerte en welig mos, klakte de bretels op hun plaats en krabbelde overeind, stijf als een kachelpook. Daarna draafde ik in een impotente woede in het rond, nu en dan omhelsde ik een boom of greep ik machtig in de grond om de vochtige, schimmelige rottingsgeuren van een vers gedolven kerkeputje. Hijgend en ongoddelijk zwetend keerde ik terug naar de plek waar mijn keutel bereids door vliegen was overmand. Natuurlijk was ze verdwenen, zo'n pluimstrijker van een prins uiteraard: meelbleek ponem, geen baard, zacht behaard gemoed en witgekousde veel te dunne beentjes. Accoucheur! ...ik mag dat volk niet, niets stoort meer in een sprookje dan een prins! Mijn oog viel gramstorig op een klein figuurtje dat danig in de weer was met een piepklein zwaardje. Ik raapte het op en moest nog goed uitkijken daar dat loedertje zijn wapen onder mijn vingernagel wilde steken en dat is zeer pijnlijk. Daarom slingerde ik het met een zwaai die mijn schouder deed knappen 't bos in, ik hoorde het tokken tegen een paar stammen, beluisterde zelfs een kleine gil voordat het achter twijgjes en bladeren verloren ging. Het was zo'n zwiep vol onverhoedse levenskracht, die regelrecht de plaats aanwees van de zuigspinnen, waar de vechtmieren rondrennen en de boktor, en waar de vogels zijn met nekken en bekken van staal.

Tussen mij en het bos lag Rans keus: of gepeld te worden als een garnaal en daarna leegegezogen, of te eindigen in bloederige spetters. Daartegen is geen beroep, zong ik zachtjes huppelend. Chrisje bleef verdwenen maar nog meer was verloren gegaan; misschien had ik een kans gemist om als kasteelbewoner met vuur en torenkamer een zachte dood onder de ogen te zien, nu en dan een beetje dronken en dan handenwrijvend naar bed met de wind huilend om de toren.

❀

Met Knobbe ging het wel goed, veel van zijn onrust was onder de pannen door al het gehak en gebeitel in de winkel. Het ordenen van de boeken deed hem behalve veel niesen ook veel plezier, om alle titels die hij las en die voor hem de wartaal spraken van Paviljoen 3. Langzaam echter gaf hem het oppakken van de boeken, het afstoffen en in de rij zetten het gevoel ontzettend veel te hebben gelezen en ver te zijn uitgestegen boven de sigarestompen, een handel die hij als de winkel eenmaal klaar was daarom met geen mogelijkheid op de oude voet zou kunnen voortzetten. Nu en dan kreeg hij nog wel eens een spontane trap tegen de schenen, iets dat hem meer kwetste dan vroeger om het lage, grove en onverfijnde, ten onrechte overigens want het was van de poppenspeler eer vreugde om geslaagde sluwheid dan platvloerse gemenigheid. In werkelijkheid ging het ook goed met Kwik, Ran betaalde alles wat er in de winkel gebeurde uit voorschotten van Kwik, die zich steeds meer eigenaar voelde en daarom alvast wat speelschulden van Ran betaalde om dit proces te bespoedigen. Ook was hij bezig (en niet zonder uitzicht) de brandverzekering een loer te draaien, iets wat zijn borstelig humeur gunstig beïnvloedde, maar waarover ik een informatief briefje in petto had dat de betreffende instantie in hoge mate zou interesseren. Iedereen wist dat zijn toekomstplannen waren gelardeerd met Chrisje, hij dampte werkelijk van de zweterige begeerte naar dat kind, zag zich al tronen in het huis waarin vrouw Kwik moest zorgen dat alles reilde en zeilde naar zijn wensen. Voorlopig greep hij in het horribele niets dat alle verslingerden wel kennen, en het was een ware lust om te zien hoe behendig zij zijn aanrakingen ontgleed en hoe goed zij oplette in de donkere gangen en op de nog donkerder trap als zij naar haar kamertje ging met ogen voor en achter. Dat ging hem niet in de kouwe kleren zitten, en zelfs de meubelvrouw klaagde erover dat de pop boven haar hoofd zo tekeerging en dat niet alleen overdag.

Daarom zorgde Kwik voor wat ik zou willen noemen een vormfout, een te groot accent dat de rest schade toebracht door te veel aandacht voor zichzelf op te eisen, het verbreken van een zekere balans, een treden van het deel buiten het vlak van het geheel, het zich niet plaatsen in de as van de dynamiek en dit alles door het ontbreken van enig inzicht in de 'désinvolture'.

Ik herinner mij in dit verband een wat kille dag met een fris snijdend windje en met regen in de lucht, zo een waarop zowel de bezielde als de onbezielde dingen heel intens aanwezig zijn. Ik keek naar de mensen die zich door de straat bewogen: een door ouderdom genobelde vrouw, wat dartele schooljongens, enkele stoere werklieden, en allen waren heel pikant lelijk als de nacht: krom, scheef, bleek tot goor en met te lange armen of te kromme benen en verder achtergebleven kinnen. De klok sloeg vier en dat is geen slechte tijd voor de bezonkene. Daar zag ik Kwik, hij liep Chrisje tegemoet, die met een rol touw op weg was naar de winkel en een andere kant opkeek. Toen Kwik opeens voor haar stond draaide zij vliegensvlug een strop en legde deze over het hoofd en om de hals van Kwik. Zo lagen de feiten en zeker was hij de lelijkste van de hele straat. Wat Chrisje deed gaf geen pas, noem het schalks of spontaan, het blijft kwetsend iemand een strop om de nek te leggen met een korzelig 'hang je maar op'. Ze trok de lus nog even aan en liep daarna met eerst nog even een hupje verder, maar het speelse kon dit toch niet ongedaan maken.

Opvallend was dat niemand anders het had gezien, zodat ik me ook wijs had kunnen maken dat het niet was gebeurd, te meer daar Kwik het touw snel had opgerold en onder zijn jasje verborgen. Ook Olie was ter plaatse, wat mij achteraf toch vreemd voorkomt, maar hoe dan ook, Chrisje liet toe dat hij haar vluchtig kuste, dit vermoedelijk om zijn sombere blik en een gezicht zo bleek en afgevast. Kwik was toen al in het café verdwenen dat Zeezicht heette, een vreemde naam zo'n half uur trammen van de zee af, maar het bezat een fraai uithangbord dat spotgoedkoop was geweest.

In dit café zag Kwik het kussen door het raam, maar hij zag ook om zich heen: de mensen daar, de zoldering, het tafelkleedje, het bier vlak voor zijn neus, dat hij nu en dan bij het oor hield om het bruisen te horen, vermoedelijk om dat uithangbord. Misschien was alles anders gegaan als niet de man uit Loosduinen zich aan zijn tafeltje had gezet. Deze praatte over Loosduinen en dat kan men beter niet doen, hij sprak over de tramremise aldaar, de nieuwbouw en zijn huis, dat geschilderd moest worden. Kwik vertelde hem op zijn beurt over zijn huidige voeding, bewassing en behuizing, en nog enkele dingen over vrouw Kwik waar beiden even hol als vreugdeloos om moesten lachen.

In de winter, vertelde de man uit Loosduinen, deed hij in stro en hield hij ook een paar varkens. In de winter, zei hij, voelt de man zich sterk.

Kwik beaamde dat en zei dat zijn vrouw van hem hield, hij kwam haar in huis steeds maar tegen: op de trap, in de gang, de keuken, de binnenplaats, en steeds raakte ze hem aan of wilde dat doen. Op een keer had hij haar staande gehouden, vrouw Kwik had hij gezegd, ben je werkelijk hier?

Waar praat je over, zei ze, ben ik soms hier zonder hier te zijn?

Jij niet, had hij gezegd, maar ik. Zal ik je eens vertellen wat mij in de herinnering komt?

Ja Kwik, had ze gezegd terwijl ze hem over de arm streek.

Aan de grijze hemel van de late nacht fonkelden nog wat sterren, had hij gezegd, hou daar even rekening mee, grote en kleine. Midden in de stad liep ik, nu en dan trok ik mijn oude gerafelde jas dichter om mij heen om mij te beschutten tegen de koude en snijdende wind. Uit enkele vrijstaande huizen kwam op dat uur het weldadige geluid van malende molenstenen en de heldere stemmen van zingende vrouwen, alsof ze de man wilden steunen op zijn eenzame gang door de ochtendlijke stad. Afgezien van het blaffen van een hond, de verre voetstappen van een vroege werkman of de kreet van een ontwaakte, kleumende vogel was de stad volkomen stil. De mensen waren nog in een zoete slaap gedompeld en de ochtend werd dieper en dieper ten gevolge van de barre winterkoude. Als iemand die met een verraderlijke glimlach een moord pleegt, zo spreidde de winterkou zijn heerschappij uit over alles...

Kwik! had ze geroepen, ben je het zelf?

Varkens, stro en plantenmest, had de man uit Loosduinen geantwoord, en dat een leven lang.

Ik geloof, had Kwik gezegd, dat ik er niet tegen kan andere mensen gelukkig te zien.

Uiteraard, zei de man uit Loosduinen.

Naar de kerk ga ik niet, zei Kwik, naar het park niet en niet naar de bioscoop, mijn nette pak trekt aan alle kanten.

Vreugde in verdriet verkeren, zei de man uit Loosduinen, daar gaat het om, proost, het komt allemaal best in orde.

U vindt het toch niet erg dat ik tot zolang een hekel aan u heb? vroeg Kwik.

Het mag ook wel langer zijn, zei de man uit Loosduinen.

Maar Kwik had het pak wel degelijk aan toen hij zich in de winkel verhing aan een van de nieuwe balken. Chrisje zat daarbij in de keuken en staarde met grote ogen voor zich uit. 'Ik ben nergens te vinden,' zei ze.

Ik zag het met ergernis aan, Ran, Olie, Knobbe en ik die naar voren stormden. Nog in zijn eerste sparteling werd hij al los gesneden en op de vloer gelegd, waar hij een tijdje schor lag te hoesten op een alle zorgvuldige opbouw verwoestende manier. Ten slotte stond hij op, keek haatvervuld om zich heen, groette en vertrok. Het is vaak moeilijk uit te maken waarom iemand zich verhangt: aandachttrekkerij, dwingelandij, wraak, chantage, mogelijk waren het de vele, vele boeken waar zo veel troosteloosheid van uitgaat, Chrisje? Kwik was een aangeblazen heerschap, dat is zeker, maar niemand had hem gekwetst, meisjes genoeg op deze wereld en zijn vrouw wilde hem voortdurend aanraken. Ik denk dat het de man was uit Loosduinen met zijn tramremise en al die dingen. Mij moge dan veel ontgaan zijn, maar niet de verschrikkelijke lelijkheid van Kwik toen hij nog door het hennepen venster loerde, een oog kierend naar de flits van hoop in de ogen van Ran en de vertwijfeling erna toen men tijdig had kunnen ingrijpen. Zelf zag ik het hangen in het verlengde van zijn eetgewoontes en zijn onaangedaan drinken van kokende thee. Niet onwaarschijnlijk dat hij een en ander goed onder controle had: de kreet, de bons van de stoel, wij in de buurt, Chrisje in de keuken en dat beetje bengelen zal hij op de koop toe hebben genomen. Een alzijdige daad, ter voorbereiding en ten detrimente, maar ietwat uit het lood.

Ran, die tegen het eind van de verbouwing zeer tegen zijn zin door de winkel dwaalde, herkende daar niets meer in van zichzelf. Zijn dikke vingers streken over de ruggen van de boeken als waren ze van een blinde en ik vroeg hem even vriendelijk als overbodig of Knobbe al ordenend tot de r was doorgestoten, maar mijn stem bereikte hem niet meer. Tot wanhoop gebracht door zijn steeds maar toenemende schulden, waarvan hij zich het ontstaan nauwelijks meer helder voor de geest kon halen, had hij Kwik de hele inhoud van de winkel aangeboden in ruil voor zijn zielerust, maar deze wilde daar niet op ingaan. 'Te veel oud spul,' zei hij. Restte hem niets anders dan het spel, want voor een overval of inbraak was hij te oud geworden en te stijf. Dat zat hem overigens ook niet mee, hij won steeds een beetje meer dan hij verloor en kon zich zo nog net met Chrisje boven water houden. Alle bezwerende formules had hij al geprobeerd tot en met het gebed op oude knieën in een onverwarmde kerk, maar God zag alles onbewogen aan. Ik niet, ik volgde hem tot ik zijn verdwijntruc had ontluisterd, en was hem blijven volgen tot ik wist dat hij in het West Endtheater verdween, in de Fahrenheitstraat. Het speelhol lag aan de achterkant daarvan, daar waar vroeger de fietsenstalling was geweest. Deze was veranderd in een en al schemer en rood pluche, iets tussen bordeel en de opera, doorschoten met felle pitten licht op de plaats waar de roulette draaide of de kaarten werden geschud. Ik weet niets van kaarten af en daarom fascineert het spel mij zo aan de buitenkant; over de gezichten glijden alle maar mogelijke gemenigheidjes, het pootje haken, beentje lichten en een loer draaien, terwijl het teder toucheren van de kaarten de fijnste geneugten daarvan aangeeft. Niet onlogisch hiermee verbonden zijn de gebaren, het schudden: glad, snel, donker en van een grote schoonheid.

In ruimten van een dergelijke allure: banken, dure hotelhallen, theaterzalen, paleizen, ben ik hulpeloos, mijn nobel uiterlijk kan mij nog wel een tijdje overeind houden, daarna is het finis. Ik ben een man van de kijkdoos, het interieur, de genoemde ruimten zijn mijn demontage, en daar is maar een verdediging tegen en dat is het voortdurend pendelen tussen het toilet en de vestiaire. Dat geeft nog wat zekerheid, mensen staan mij in de weg, het oog reikt tot in de verte en stempelt al het aanwezige tot 'passager'. Alleen, het is vermoeiend, en daarom rustte ik wat uit bij een kopje koffie en droeg mijn vermoeidheid als een verdedigend pantser.

Naast mij verscheen een heer die zich voorstelde als Mees en Co, en mij onomwonden vroeg naar mijn verhouding ten opzichte van het kansspel in het algemeen en het verlies in het bijzonder. In de toon klonk iets door van het vragen naar rekening en verantwoording.

'Mijn probleem is de tegenstander,' zei ik, 'mijn systeem hem ernstig te waarschuwen om op zijn tellen te passen daar ik anders zal bidden om zijn dood.'

Het gezicht van Mees en Co werd lang van het ongewone dat zich plotseling in zijn hoofd voordeed, maar ik was hem voor.

'Neem het tramongeluk op de Scheveningseweg,' zei ik.

'Vreselijk, vreselijk,' lijsde Mees en Co met zoekende ogen.

'Mijn werk,' zei ik, 'ik had nog zo gewaarschuwd maar men nam een ad-acta-houding aan.'

Mees en Co draaide mij langzaam wat naar het licht en begon mij te bekijken als een spel kaarten van verdachte herkomst.

'Ik had die macht al als kind,' zei ik zachtjes zwetend, 'dat kind is niet normaal zei men al gauw, het heeft een afwijking, laten we stilte op, over en om hem leggen. Zijn gebedenboek, zo zei bij voorbeeld mijn onderwijzer tegen mijn ouders, ziet eruit als het gebedenboek van iedereen maar wat hij daarbinnen opschrijft is heel bijzonder.

Dat spijt me, zei mijn vader.'

'Misschien bent u wel een heilige,' opperde Mees en Co.

'U gelooft mij niet,' zei ik sip.

'Ik ben bankier,' verontschuldigde Mees en Co zich.

'Ik wilde maar dat ik u kon overtuigen,' zei ik, 'dat u mij ernstig nam, voor een serieus iemand aanzag die het niet gemakkelijk heeft gehad.'

'Wat voor dood zou u mij toebidden?' vroeg Mees en Co, 'bloed, water, vuur, staal...?'

'Ik kan alleen om ziekten bidden,' waarschuwde ik, 'om angst, pijn en dood.'

Mees en Co glimlachte heel superieur en keek om zich heen alsof het gesprek nu wel lang genoeg had geduurd. Ik vouwde de handen samen en bracht het geheel tot vlak bij mijn neus, zo begon ik hem donker aan te kijken zodat de glimlach, superieur en al, spoedig verdwenen was.

'Het enige goede dat ik voor anderen doen kan is bidden om de eigen dood,' zei ik en liet de handen zakken. 'Alle andere relaties wat betreft de tegenstander zijn relatief eenvoudig en onschuldig, om niet te zeggen vervelend,' zei ik nog. 'Ik ken bij voorbeeld iemand die met een paar onbenullige trucjes hier op zijn gemakje veel geld wegsleept.' Hierna maakte ik een wat abortief groetende handbeweging, keek langs hem heen of ik iets onbestemds zocht en zette mij vervolgens in beweging. Al na een paar passen voelde ik een hand op mijn schouder.

'Eh... hier?...'

Ik keek hem een onderdeel van een seconde aan of ik mij

hem niet herinnerde, aarzelde even wat hier bedoeld kon zijn en zei toen: ‘O ja.’

‘Wie!’ klonk het scherp.

Ik bracht mijn hoofd dicht bij het zijne en fluisterde hem iets in het oor, hierbij sterk gehinderd door zijn aftershave.

Ik ging direct naar de winkel, naar mijn kamer, en kroop in bed om voor mij uit te kijken in het donker, waarover de dichter zo veel heeft te vermelden.

Even later kwam Ran thuis, ik hoorde hem nog lang met Chrisje praten, naar ik meen op een droeve toon.

Door allerlei factoren buiten mijn wil trof ik Ran een keer in het restaurant Corona en dribbelde, zogenaamd op zoek naar een goed plaatsje, wat om hem heen om hem de kans te geven zich om wat voor reden dan ook uit de voeten te maken. Hij bleef echter zitten zodat ik, na hem verrast te hebben opgemerkt, aan zijn tafeltje schoof. Het was een plaats van waaruit het kanaal viel te zien en dat is een wijd en aangenaam uitzicht.

‘Waarom kijk je me zo aan?’ vroeg Ran.

‘Ik weet het niet,’ antwoordde ik geheimzinnig.

‘Kijk eens opzij, ik word er zenuwachtig van,’ zei Ran, en toen ik daar niet op reageerde vroeg hij: ‘Wat zou je doen als ik je een mooi boek gaf?’

‘Ik zou het onmiddellijk in het kanaal gooien,’ zei ik terwijl ik hem nog borender aankeek.

‘Wat bedoel je, wat kijk je toch?...’

‘Als ik was wat ik wilde dan was ik een goochelaar,’ antwoordde ik, ‘om iemand vlak voor zijn neus een hak te zetten.’

Ran knikte, hij was ouder dan ik maar zag er veel ouder

uit en zijn ogen waren onrustig. Dat deed me plezier uiteraard.

In de buurt zat een grijsaard, hij was lang en mager en voor hem op de tafel lagen wat bundels veters en nog wat spul waarmee hij kennelijk langs de deur ging. Hij weende zachtjes en toen hij merkte dat ik naar hem keek stak hij een grote gerimpelde hand op. Hij leek niet op Ran (tot mijn spijt) en vroeg hees en hoog: 'Geef mij iets.'

'Zou u een dichter willen zijn?' riep ik hem toe, waarna hij opstond en wegging.

'Een ongelukkige man,' zei de serveerster, 'liefde en leed hebben hem tot de bedelstaf gebracht.'

'Goed zo,' zei ik, waarna ze een gezicht trok of ze zeewater dronk.

'Ik lijd ook,' zei Ran afgunstig.

'Maar niet als een dichter,' zei ik. 'Ik hou niet van sterke mensen, ik hou van mensen die lijden, maar dan zoals een dichter dat doet. We zullen gescheiden afrekenen.'

In de daarop volgende dagen keek hij mij een enkele maal brutaal aan, maar wat had ik aan hem verloren, slechts een schim van een schim was er overgebleven. Ik vroeg hem wat eraan scheelde en hij wilde weten hoe lang ik hem nog zou kwellen. Ik ben zo gesjochten, voegde hij er nog aan toe.

'Arme Chrisje,' zei ik.

Hij knikte droef. 'Ik denk nog vaak aan de tranen die ze om mij heeft gestort. Ik was jonger en had een aangename glimlach. Mijn al grijzende haren maakten van mij een ernstig type. Als ik haar nu vraag of ze van mij houdt blijft ze stom.'

'Ik heb veel over het lijden nagedacht,' zei ik, 'het moet een aangenaam gevoel zijn, zo iets als een regenboog over een rivier.'

'Wat moet ik doen om nog meer te lijden,' snikte Ran

terwijl hij een grote hand over de ogen legde. 'Ik zou met een stok kunnen gaan lopen om meer indruk op mij te maken.'

Ik ging naar het toilet en keek daar in de spiegel, tot mijn genoegen zag ik dat ik er bleek uitzag, mijn gezicht had de stralende schoonheid van een oude, boze man.

'Je bent oud Ran,' zei ik tegen hem toen ik weer terugkwam, 'maar je hebt geen ervaring opgedaan van enige betekenis, een kwellende herinnering bij voorbeeld. Je hebt je tijd gehad Ran, het einde naakt.'

'O wat is dat toch juist,' snotterde Ran, 'wat is dat toch goed gezien. Arme, arme Ran.'

'Je overtuigt me niet,' zei ik korzelig, 'dat kan toch veel beter. Je zou eens wat rekening kunnen houden met mij.'

Dat deed hij. Ik klopte aan zijn deur en hoorde regelrecht uit het hart van het muffe kamertje: 'Wie is daar?' Het klonk overduidelijk en hard, zoals een stem in een poppenkast.

'Hij die groot onrecht is aangedaan,' riep ik op dezelfde toon terug, 'daar wil ik over praten.'

'De deur is open meheer,' klonk het joelerig.

Eenmaal binnen zei ik dat ik mijn oordopjes wilde gebruiken daar ik geen last wilde hebben van interrupties, bedenkingen of hoesten op momenten dat een subtiel woordgebruik aan de orde was. Dat zijn maar gemenigheidjes zei ik, en de maatregelen daartegen heb ik in mijn gewoontes opgenomen.

Net wilde ik van wal steken toen ik zag dat ook Ran aanstalten maakte om oordopjes in te brengen. 'Waarom wil je over het aan mij begane onrecht niet horen,' vroeg ik koeltjes.

'Hierom,' zei Ran, 'jaren terug op de boekenmarkt aan de Prinsegracht moest ik erg plassen en ging daarom naar het café De Zwaan. Daar trok ik mij na een bestelling terug en al klaterend overviel mij een groot verlangen naar boeken, naar kennis, inzicht. Het was een gevoel vol warmte en vrede, zoals na de eerste borrel, en ongetwijfeld ook van geluk.'

'Verder,' zei ik.

'De zon scheen door het wc-raampje en spatte uiteen op een fles vloeibare zeep, die daar op het kozijn was neergezet. Het was haast niet mogelijk om ernaar te kijken, want de stralen verblindden mij. Ach Heer, riep ik tot mijn eigen verbazing, geef mij toch kennis, schenk mij licht in mijn schedel, doe dat plekje uiteen kraken waar bij mij alles vastloopt. Doe al mijn boeken in mij stromen want ik wil mooie vrouwen paaien.

Zo zij het, sprak een stem, niet in mijn oren maar midden in mijn hoofd, wie zijt gij?

Ik ben Ran, zei ik, en u is...

Ik ben de engel Michaël klonk het, bijgenaamd het zwaard zonder genade.'

'Nou en,' vroeg ik giftig, 'hoe ging dat verder?'

'Na het prachtige gesprek dat daarop volgde,' zei Ran, 'heb ik nooit meer iets gehoord van wie dan ook of waar dan ook of het vervulde mij met een diepe teleurstelling.'

'Daar heb ik nooit wat van gemerkt,' zei ik bevend van woede.

'Het is mij onmogelijk daarop in te gaan,' zei Ran, 'want ik heb mijn oordopjes in.'

Daar zat waarachtig nog sap in de oude stam.

❦

Op een avond en op een tijd waarop hij anders al achter de kaarten zat klopte deze keer Ran op de deur van mijn kamer. Het was een bescheiden klopje, en na mijn 'ja, wie is daar' en zijn 'goed volk' trad hij bedeesd de kamer in. Hij zag er slecht uit, zo als iemand die slecht slaapt en in bed ligt te woelen, zijn gezicht had nauwelijks veerkracht meer, wat vooral aan de wangen was te zien, die kwabbelden als hij zijn hoofd bewoog. De blik was uitgesproken dof en hij ging dan ook zitten als iemand die in Amerika tot de stoel is veroordeeld.

'Ik heb een droom,' zei hij, 'die zich steeds maar herhaalt en ik vraag mij af waarom. Ik droom nooit maar als ik droom is het deze droom.'

Ik legde mijn boek neer want dat interesseert mij wel en keek hem aan of ik uit een heel andere wereld terugkeerde. 'Wie zich herhaalt,' zei ik, 'behoort tot de herkauwers, in geestelijke zin dan, opslijten in plaats van denken.'

'Het is steeds dezelfde droom,' klaagde Ran, 'maar anders.'

'Dat is goed, wat zegt Chrisje ervan?'

'Ik begrijp het niet,' zei Ran met een onduidelijk gebaar, 'ik heb nog nooit iemand kwaad gedaan.'

'Zo, daar hoor ik van op.'

'Ik kom de stad maar niet uit,' zei Ran, 'en ik weet niet eens welke stad het is, misschien wel deze. Ik moet de trein halen maar kan het station niet vinden, ik woon in een hotel maar ben de naam vergeten. Ik val voorbijgangers lastig met alleen maar onbelangrijke details: een putdeksel, het zicht op een kerk aan het eind van een straat maar ik weet niet welke. Ik vertel hun van een papegaai in glas in lood die voor een raam hangt, maar in een straat waarvan ik de naam niet heb opgezocht. Dan weer droom ik dat ik vroeg opsta om de trein te halen, midden in de nacht, en vind de deur van het hotel op slot, alles leeg, de gangen, de hal, alles en nergens een telefoon. Ik heb een afspraak met iemand met wie ik op reis ga en die alles verder zal regelen maar waar? en wie? Of ik sta op straat tussen voorbijgangers die in alle richtingen voorbij lopen met haastige pas, en niemand geeft antwoord. Ik sta daar reddeloos, hulpeloos, hopeloos. Alles bij elkaar dwaal ik nu al een jaar door de stad en kom er maar niet uit, en er zijn honderden manieren om geen antwoord te geven als je iets vraagt.

Ook heb ik gedroomd dat iemand aan mij de weg vroeg, een heel eenvoudige situatie maar ik kon niet ophouden met uitleggen, werd er zelf gek van, stikte er bijna in. Ik voel dat niemand mij kan helpen, maar desondanks moet ik blijven vragen: in winkels, warenhuizen, op kruispunten. Allen ontwijken mijn vraag, geven nietszeggende antwoorden, niet boos of kwaad maar gehaast, onverschillig. Een blikveld vol van wegijlende ruggen, wegwaaiende mantels, achterkanten van auto's. Ik heb kaarten gekocht voor als ik droom, bestudeer de kleinste straatjes en alle verbouwingen in de hoop dan wel de weg te kunnen vinden. Ik ben van plan een reis te gaan maken, heb zelfs een reisverzekering afgesloten maar die bleek niet te betalen. Ik ga adreswijzigingen versturen aan allen, maar ik weet dat ik niet weg kom en dat niemand mij zal geloven.' Op dat punt gekomen borg hij het gezicht in beide grote handen en begon met de schouders te schokken.

'Ik droomde,' zei hij na een poosje van tussen zijn handen, 'dat ik een keer de trein wel haalde, op 't nippertje, maar bij vertrek bleek het de achterste, losgekoppelde wagon te zijn,' en opnieuw liet hij het hoofd in de handen zinken.

'Ran,' zei ik, 'dat heb ik ook. Ook ik heb de vaste wil de stad niet te verlaten. Je hebt het grote licht gezien Ran. Kop op!'

❀

Hoe plannetjes ontstaan is vaak een raadsel, verveling is zeker een goede basis. Ik stond een keer met Kwik in de winkel, die op een kleinigheid na klaar was, en stelde vast dat het de meest onhuiselijke, sfeerloze winkel was die mogelijk was, een chronische flitslichtopname, akoestisch morsdood, waar met zekerheid nooit meer in kon worden gevuilbekt. Vreemd dacht ik, dat zo iets had kunnen ontstaan vlak voor mijn neus, niet zonder allerhande geheime pleziertjes. Zo'n dubberij zorgt voor geheime plannetjes, zodat ik opperde dat in de winkel best eens een poppenkastvoorstelling kon worden gegeven, het zou iedereen op de hoogte stellen hoe alles ervoor stond en welke geest er heerste om de boeken en in het huis. Ran zou alle kosten vergoeden stelde Kwik vast, vanwege de reclame voor de zaak die erin school. Mijn idee was verder dat de grote Kwikpop achter de kast zou staan, op een stoel, zodat hij ver voorover zou kunnen leunen en alles zich in hemzelf afspeelde. Tegelijk kon iedereen hem dan zien als een man van de duisternis, wat een poppenspeler toch is, en kon hij zich tegelijk verkneukelen over alles wat hij spoedig zijn eigendom zou kunnen noemen. Tevens kon de pop ook weer tot rust komen.

Op de avond zelf was de winkel fraai versierd, met papieren guirlandes en zijden strikken, die op de schermen waren gestoken aan weerszijden van de poppenkast. Op het sluiten van de gordijnen had ik grote nadruk gelegd, dat moest geleidelijk gebeuren, niet mechanisch maar vertellend, en al deel uitmaken van de voorstelling. Eerst dienden de lampen in de winkel een na een te worden gedoofd, dan de gordijnen gesloten die het licht van de lantaren buiten zouden afschermen. Daarna pas konden de gordijnen van de kast worden opengetrokken en de wonderlijke ruimte onthullen, die van het verhaal, van Kwik, het interieur. Allemaal voorbereidingen als trappen der waarheid.

De stoelen waren tussen de rijen boeken geplaatst, wat wel het nadeel had dat er kon worden gejat bij het leven, maar dat vond ik niet zo erg omdat onder de boekendieven de beste lezers huizen. In een buurtblad was een advertentie geplaatst, dus er was belangstelling genoeg. Toen de winkel vol was begon het groot dempen van het licht en de herrijzenis ervan in het toneel. Kwik, van onderen belicht, leunde over de kast en zag de winkel in met een verschrikkelijke blik. Het spel heette *Bam de Grote Baas.*

Onder de gasten had ik de meubelvrouw getroffen, die mij begroette alsof we de beste maatjes waren. Ik hoop dat de komedie niet zondig is, had ze gezegd, maar ik ben er bang voor, en ze had naar de Kwikpop gewezen, die ze maar al te goed kende met streken en al. Knobbe had zich voor de gelegenheid uitgedost met een donkergrijze frak, een geel vest en een lichtgrijze broek. Ook droeg hij een paar bijzonder glansrijke laarzen, en hij droeg een al even sierlijke hoed, die als hij ertegen tikte een opvallend hol geluid gaf. Zijn plaats was op de grote kist met het reclameopschrift, waarin de poppen lagen die niet meededen, de reuzen van de kastelen, de bij de haren vastgebonden prinsessen en de draken die uit poorten konden springen. Ook Olie wist ik om mij heen, uiterst nerveus alle kanten tegelijk uit loerend. Weg was zijn grote bek, hij was gekrompen tot het cliché van de door jaloersheid verteerde jongeling. Zijn onbeduidende gezicht was er nog onbeduidender door geworden en voor hem zag ik niet veel goeds in het verschiet.

Het licht in de kast was een prachtig licht, warm geel en met een kern van oranje. Omdat het voor mijn gevoel te weinig aandacht kreeg, geen langgerekt ahh... en ohh..., ging ik er demonstratief in de zaal even van genieten, zo met een van bewondering uitgestrekte hand, voordat ik terugsloop in de kast om daar op de gong te slaan. Daarna werd het doodstil.

Twee poppen zaten om een vuurtje van papieren linten

die om een rood lampje wapperden, en een kaars gaf verder nog de sfeer aan die in een houten hut heerste. Nu en dan klonk op de achtergrond een afschuwelijk geluid, een kermen zoals van iemand die van pijn ligt te krimpen, en dat maar het best kan worden voortgebracht door iemand die daar plezier in heeft en nog geheel gezond is. Buiten woei de wind op een niet al te overtuigende wijze (een verveelde Olie, die een vel schuurpapier moest bewrijven, of liever een mokkende Olie) maar er heerste natuurgeweld, zoveel was wel zeker. Zelfs vonkte er nu en dan een bliksem in het raam en klonk het verre gerommel van de donder. Het was een druk begin en iedereen had er de handen vol aan.

Een van de poppen had een scherp uitgestoken gezicht, waarboven een dos rood haar, de andere was om de tegenstelling bol en bleek. Om dat nog wat toe te spitsen had de magere ogen van glas, die schitterden bij het bewegen, en de bolle bleke ooggaten, die een sombere, holle indruk maakten.

'Het wordt ochtend,' zei de bolle, 'het licht van de kaars verbleekt, hij zal het nu niet lang meer maken. Ik heb de hele nacht zitten luisteren, ga jij nou maar eens kijken.'

'Als hij toch sterft dan hoop ik dat het gauw gebeurt,' zei de hardrode, 'wat maakt het uit of ik naar hem toe ga. Ik kan het niet verdragen dat hij zo ligt te slaan met armen en benen.' Na een poosje voegde hij daar nog aan toe: 'Een rare manier van ziek te wezen.'

'Dat gerol met zijn ogen,' zei de bolle en bleke.

'We hadden een dokter moeten halen,' zei de magere met glinsterende ogen.

'Een dokter is duur.'

'En helpen, ho maar.'

'Dat gekreun klinkt mij als het gekerm van een zekere schoolmeester,' zei de droeve bleke, 'dat was een gewezen menseneter.'

Hier verhief de Kwikpop, die over de kast leunde, zijn stem. 'Daar zitten ze nou,' zei hij sonoor, 'twee gauwdieven en schurken en geen cent op zak. Dat is kruipen als een slak en wat schielijker kon hier geen kwaad.'

'Maar we zijn vrij van aardse zorgen,' riepen beiden door elkaar heen, 'we worden uitgescholden en geslagen maar we trekken het ons niet aan. We plukken wat appels en roosteren die met een lik toevallig gevonden boter. We zijn zo arm dat de mensen ons vanzelf geld lenen.'

'Kaarten en dobbelstenen,' zei de Kwikpop, 'maar blootsvoets door de wereld.'

'Wat duivel,' riep de magere, 'fortuin wil geen verwijt horen, scheer je weg man!'

De bolle stond op en danste naar achteren op de raadselachtige manier van de poppenkast, het leek of hij op de wolken liep, wegzakkend en weer opverend. Direct kwam hij alweer terug met die wondere gang waar eigenlijk een vrolijk deuntje bij past.

'Hoe vaart de reus,' vroeg de magere.

'Hij begint zwak in de benen te worden,' was het antwoord, 'ik denk dat hij gaat wegzakken.'

'Als hij koud is moeten we dan dat meisje waarschuwen,' vroeg de magere.

'Eerst als we gezocht hebben naar zijn beurs met de geheime spaarpenningen, die mogen ons niet ontsnappen.'

'Wat een komiek huishouden,' riep de Kwikpop op het dak.

'Een kostelijk plan,' riepen beiden, terwijl ze uitnodigend naar de zaal zwaaiden om bijval, maar die was wat teleurstellend.

'We zitten diep in de schulden,' zei de magere verontschuldigend, 'dat is het wat ons zo vermoeit, dat bijeenschrapen om het een en ander.'

'Nu de Grote Bam doodgaat,' vulde de bolle bedroefde aan, 'is het uit met ons geregeld leventje. Hij is de schuld dat we zo gemakzuchtig zijn geworden. Nu ligt hij te sterven en dat komt ervan.' Hij pakte een appel en hield die boven het vuur. 'Wat zal ik smullen,' riep hij, 'had ik maar een snuifje kaneel.'

'Ga jij nog eens kijken binnen,' vroeg de magere, 'ik ben bang om wat ik zal zien.'

'Dan is mijn appel verdwenen, daarbij ben ik moe, dat geschreeuw duurt nu al een paar dagen en nachten, ik heb geen oog dichtgedaan.'

'Hij is sterk, dat is zo,' zei de magere.

'Daarom moet hij ongehinderd om zich heen kunnen slaan en trappen,' zei de bleke, 'hoe moet dat straks als hij dood is, geen olie, geen suiker. Ik heb een zwaar lichaam en dat wil eten.'

'God zal ons helpen,' zei de magere vroom.

Beiden begonnen van de appel te eten. Soms brandden zij zich de tong zodat de tranen hun over de wangen rolden, wat met gebaren werd aangegeven, onderwijl sloegen ze liederlijke taal uit, zoals te droes, donders en deksels.

Een hard gesteun klonk op de achtergrond, dat langzaam uitdunde. De magere stond op en danste weg in het donker.

'Ik heb,' zei de bolle met de holle ogen, die blijkbaar niet gemerkt had dat zijn kameraad vertrokken was, 'een keer gegeten op een bruiloft. In de Pluvierstraat, in een van de eerste huizen. Het feest was aan de achterkant, in de tuin, maar ik kon daar ook komen over het schoolplein en dan over 't muurtje. Ik zag veel mensen in een kleine tuin en dat is bijna een uitnodiging, zodat ik onbezorgd schransde: vlees, spek, kluifjes, erwten, bloemkool, selderij, aardappelen met peertjes en schijfjes komkommer. Nu en dan ging ik weer terug over 't muurtje en stak daar een vinger in de keel om maar weer verder te kunnen, want mijn honger was onstilbaar. Natuurlijk zagen ze mij voor iemand anders aan en gaven mij alles. Als ze mij niet zoveel hadden opgedrongen was ik een ander mens geworden. Nu vloog alles door elkaar mijn maag uit: cake, chocolade, kippepoten, jenever. Ik kon nauwelijks meer op mijn benen staan. Nog steeds heb ik spijt van wat men mij heeft aangedaan.'

Op dat ogenblik huppelde de magere weer naderbij en nam zijn oude plaats weer in.

'Hoe is het,' vroeg de bolle lusteloos.

'De Grote is ons ontvallen,' zei de magere, 'ik ben blij dat ik hem nog even heb kunnen zien, dan is hij tenminste niet alleen gestorven. Ik was bij hem.'

'Heeft hij nog wat gezegd,' vroeg de bolle met de bedroefde ooggaten.

'Een laatste wens,' zei de magere.

'Ach! en wat zei hij precies?'

'Help mij.'

'En?'

'Ik heb hem zwijgend aangekeken.'

'Meer niet?'

'Tot hij de ogen sloot waren wij oog in oog. Geen makkelijke dood.'

'Da's al te gul, meer niet?'

'Nee.'

'We hadden de dokter moeten waarschuwen,' zei de bolle.

'Mijn hart is tevreden,' zei de magere.

❀

Op een avond verzocht Ran mij bij monde van de meubelvrouw op zijn kamer te komen. Het betrof echter niet de voorstelling, die hem best zal hebben getroffen, maar iets heel anders. Hij zag er niet slecht uit (tot mijn opluchting) maar ook weer niet best, over zijn magere benen had hij een deken geslagen en ook had hij de klassieke warme sjaal omgedaan, zodat het hier vermoedelijk een verkoudheid betrof opgedaan door de tocht in de winkel bij het eindeloos open- en dichtgaan van de deur.

Het ging om zijn hart, zei hij met wat zwakke stem, en daar ik al enigszins op leeftijd was zou ik misschien zijn klachten herkennen en hem zodoende tot troost kunnen zijn. Dat was juist gedacht, de diepe ellende van een klacht is de vrees de enige te zijn, een binnen het lijden uitgestotene, en daarom voelde ik pedant zijn pols, die volgens mij wat snel klopte, sneller dan de mijne in ieder geval. Zelf zei hij echter dat zijn hart onregelmatig klopte, en dat dit hem nu juist zo onrustig maakte en hem wakker hield. Alles had hij al geprobeerd.

Wat dan allemaal, wilde ik weten, want de angst in de nacht is mijn broeder en wat anderen voor verdedigingsmechanismen hebben uitgevonden interesseert mij bijzonder, zodat we misschien tot een vruchtbare uitwisseling konden komen.

Nooit op de linkerzij gaan liggen zei Ran dof, of met de dekens tot aan de kin opgetrokken, want die drukten dan op je strot en gaven het gevoel te moeten braken en dat vergrootte de angst. Met de dekens een holte bouwen boven je borst was beter, dan kon je met de vlakke hand klopjes geven op het borstbeen zoals bij een paard, geruststellende, troostende klopjes, maar langzaam, anders ging het hart galopperen.

Met de rechterhand de linkerhiel vastpakken zei ik, dat sloot de cirkel van jezelf en dat maakte slaperig. Wie eelt aan zijn hiel had, kon meteen aan het werk en ook dat hielp. Geen wijn, en als dat allemaal niet hielp gewoon rechtop gaan zitten om steenkoud te worden, dan opeens weer onder de dekens en aan een schipbreuk denken met velen in nood op zee. Hielp ook dat niet dan suja suja spelen, dat wilde zeggen wiegen en een kinderliedje zingen met een hoog stemmetje in de nacht en als dat de Lieve Heer nog niet vertederde dan maar weer de benen buiten bed. Ran knikte somber, maar ik had niet de indruk dat hij goed had geluisterd, want volgens hem was de kern van de hele misère het geluid dat 't hart maakte, waardoor het hele huis ging meebonzen, meegalmen.

Alsof er steeds meer oerwoudstammen uit het bos komen? vroeg ik.

Nee, zei Ran, het was het huis dat de hartslag overnam, het bonkte wel op de maat van het eigen hart maar het bonkte ook zelf, kwam tot leven en maakte zich ook ongerust, en huizen zagen scherp, als het huis ging bonken dan was het goed mis. Het was een geluid, zei hij, of een hiel heel licht een trommelvel beroerde, en dat maakte hem doodsbang.

Het lijkt mij een soort uitgerekte angstaanval, zei ik, geen knagend maar een bonkend geweten in dit geval, niet iets om je ongerust over te maken, daar kreeg je maar ingevallen slapen van en wallen onder je ogen en dat, zei ik, zou Chrisje niet leuk vinden.

Dat bracht hem op een ander onderwerp, zijn plan was om in de verkwikkelijke tijd van de lente met Chrisje de wereld in te trekken en alles wat maar onder te brengen was bij de naam Kwik achter te laten. De velden en bossen zouden ze doortrekken, zei hij, en vrij zijn, zwerven om in de avond een zachte legerstede te vragen bij brave mensen en in de ochtend de zon te zien opgaan. Op dit punt begon hij te wenen, zijn tranen vloeiden vrij makkelijk de laatste tijd, al kan ik niet zeggen dat daar geen reden toe was.

Zoals zovelen op deze droeve wereld bood ik de troost aan

van het voorlezen, omdat er een ideaal verband bestaat tussen de troost zelf en de tijd die men eraan spendeert en die als dat nodig is kan worden aangevuld met voorlezen.

Ik koos een willekeurige bladzijde in een willekeurig boek uit de stapel die Ran uit het harde licht van de winkel had gered, die daar in een hoek bijeen was gesmeten op weg naar de Gemeentereiniging. Een rood gepukkeld deel was het, dat een innig verband aanging met de hand en waarvan het papier een wonderschoon geel randje toonde van ouderdom. Bijzonder trof mij als intimus dat om de tekst een zwart lijntje was getrokken, aan de bovenrand zelfs dubbel, waartussen de naam van het hoofdstuk stond afgedrukt, in cursief.

Ik sloeg de benen over elkaar en hield het boek bij de lamp op het kleine tafeltje, het tafeltje van een onrustig slaper: pepermunt, droppastilles, een overversierd boekje met een lintje voor het potlood, een glas half gevuld met een witte, troebele vloeistof, een spiegeltje en een houten staafje om mee op de rug te krabben.

'In de verte zag men niets dan hoge zwarte schoorstenen,' las ik, 'aan rijen geschaard, die dezelfde eindeloze herhaling vertoonden die benauwde dromen zo benauwd maakt en die met de rook die ze uitbraakten de hemel verduisterden en de lucht verpestten. Hier en daar ashopen onder een bouwvallig dak, een machine die met kettingen rammelde en raderen die piepten en knarsten omdat ze werden gekweld en gepijnigd. Verderop ontmoette men beroete en vervallen huizen, gestut met de overblijfselen van andere, die al in puin lagen. Bleke mannen en vrouwen werkten daar, ze stookten vuren en gaven te drinken aan hen die bekneld waren of aan de kant lagen. IJzeren monsters leken mensen te zijn en er stond een stoomwerktuig met raderen en riemen, waarvan bekend was dat het een boze geest bezat. Het kon de arm van een man grijpen en afrukken, een ander greep het bij de panden van zijn werkkiel voor een worsteling of handgemeen in de ware zin. Zelfs had het een onschuldig wichtjen gegrepen en gescalpeerd voor je amen kon zeggen en een keer een man een por verkocht en de struikelaar daarna langzaam platgedrukt. Dan kwam een eindeloos verschiet van stenen torens, die niet aflieten grauwe stoom te blazen die al wat leven had deed kwijnen.'

'Ik kom de stad niet uit,' zei Ran schor en hij grimaste van verdriet en ergernis omdat hij nog zoveel meer had willen zeggen.

Ik ging rechtop zitten, deed het boek dicht, sloeg de benen weer van elkaar en zei: 'Ran, ik beloof je dat het zal lukken. Dat beloof ik je.'

's Avonds in bed zocht ik met een been buiten de dekens een goede plek op de grond, geen kleed maar planken, en door een gelukkig toeval zodanig in de bouw geplaatst dat al een kleine tok van de hiel klonk als het zacht roeren van de trom. Dat hield ik lang vol, voor mij uit starend in de nacht, die honkte tot aan de buitenste rand.

Honk, honk.

Die krijgt nog eens een hartverlamming.

Op iedere hoek van de straat staat wel iemand om iets venijnigs te zeggen.

Bonk bonk.

Het kan nog een week duren, op zijn hoogst. Zei de dokter.

Honkebonk.

Honkebonk.

...De knop van de stok flitste even op in het duister. Bonk! ...gesteven schorten, verkoelend als engelenvleugels. Geur van lavendel. Zeep. Schooljuffrouw.

Boem!

Zij zocht mijn bril en vond onverwachts een verloren vergrootglas.

Bom, bom, bom.

Dat heb ik al eens gehoord Ran. Er is niets dat ik niet al eerder heb gehoord.

Bonk.

Uit dit bundeltje kleren stijgt de droeve geur van oude mannen recht omhoog de duisternis in.

Het leven is een web waarin werp noch woef, alleen web.

Honk... bonk!...

We willen toch weer gezond worden nietwaar?

Bonk.

In mijn hele leven ben ik nog nooit zo beledigd geweest.

Gehakt met kool, dat wordt winden.

Altijd geweten dat bomen het koud kunnen hebben.

Het leven van Rembrandt.

'Hebt u dat afschuwelijke geluid gemaakt vannacht?' vroeg Chrisje de volgende ochtend.

'Ik heb meegeholpen,' zei ik, 'mij hielp het bij het inslapen.'

❀

Tot mijn nachtelijke beelden behoren de oude vrouw, de hond en de vogel. Wat de oude vrouw betreft, die meldde zich dicht bij huis, het was mijn onvoorstelbaar oude grootmoeder, die de helft van haar leven in dezelfde hoek bij het raam naar hetzelfde huisje keek aan de overkant van het dorpsstraatje. De vogel is de vogel die in iedere vogel voor mij schemert, het beest dat gewond tegen de stenen werd doodgegooid door mijn moeder omdat het niet meer te redden was, en achter iedere hond schemert de hazewind die over het hek van het Vredespaleis wilde springen en met opengereten buik bleef hangen aan de vergulde spitsen. Wie verre reizen doet kan veel verhalen, maar wie zo kan ervaren als ik dat deed als kind raakt niet meer uitgesproken, al bij een blokje om.

Maar de oude vrouw, de vogel en de hond klinken op hun beurt in het vergeten, verweven met de achtergrond schuiven de beelden mee: in paleizen waar op de schilderijen de Hoge Heren op mij neerstaren is er de fijne essentie van de geduldige bottenkluiver om het prehistorisch vuur en bij graftombes wordt het mij ijl in het hoofd als ik het trouwe blaffertje niet aantref aan de voeten van de baas. Het zijn beelden die ieder gezichtsveld kleuren, het licht ervan bepalen als een vergeten, een niet meer weten. De hond weet niet wat de boer van plan is die op hem af komt lopen maar alles wordt een ietsje donkerder. De boer weet niet wat er in de ridder omgaat die daar in een drafje nadert maar het licht wordt wat dikker. De ridder weet niet wat er omgaat in zijn koning, deze tast weer in het duister wat de Paus zo doet dubben, die weet weer niet hoe God over de mensen denkt. Het vergeten is de ruimte van de geest, een kwaliteit zoals bij die middeleeuwse heremiet, wie door een bezoeker werd gevraagd het een of andere voorwerp uit zijn cel te halen. De kluizenaar, weer in zijn cel, kijkt om zich heen maar is vergeten waarom hij is teruggekeerd, het beeld van een uitwendig voorwerp heeft zich in zijn hoofd niet kunnen vormen. Hij stapt naar buiten en vraagt aan de bezoeker zijn verzoek te herhalen. Hierna gaat de heremiet opnieuw naar binnen, maar ook deze keer kijkt hij in een leegte. Na een paar maal is hij gedwongen de bezoeker, die een vasthoudend man blijkt, te verzoeken de cel zelf te betreden (wat streng verboden is) daar hij niet in staat is de afbeelding die buiten is ontstaan binnen weer op te roepen. Meer dan als een eventueel ziektegeval heeft dit bezoek de tijd doorstaan als voorbeeld van een poging de vroomheid gaaf te houden en volledig beschikbaar voor wat eens is geweten, maar vergeten is.

Ik had slaap in haar kamertje, die dag had ik in de gure wind rondgelopen in de buurt van het Thompsonplein, het standbeeld van mijn gevorderde jeugd dat ik steeds benijdde om zijn onaantastbaarheid en zijn afschermend perkje. Ik zat wat te mompelen met Chrisje, had al die tijd naar mijn bed gekeken, aan het gehavende ritme gedacht van mijn vermoeide beenderen en midden in een zin viel ik in een soort halfslaap.

Chrisje had geen slaap, ze bezat bij tijden die onuitputtelijke energie, die haast grof en inhumaan aandoet, zoiets als die van de Zoeloe Umslopogaas uit een jongensboek, die dagenlang hardliep naast zijn meester Alain Quarterman, die er te paard van door joeg. Ze keek naar mijn gezicht, dat er nobel uitzag, de mond licht geopend, een floers van een glimlach, kortom een man die eindelijk thuis was bij zichzelf. Tussen hen die slapen en hen die daarop neerzien is een oerkilte, waaraan ook de Here zelf in Gethsemane leed, want Hem ontging niet veel. De wakende voelt zich werkelijk verlaten en ontheemd, zelfs onbemind op een manier die zeer ver gaat. Daarom probeerde ze zelf ook te slapen maar dat lukte haar niet. In plaats daarvan hoorde ze de onmiskenbaar sloffende stap van Ran door het huis, eerst zogenaamd bezig met het de andere kant uit dribbelen maar steeds duidelijker op weg naar haar deur voor klop-klop-klop. ‘Ga weg, oude Ran,’ siste ze door de deurspleet, ‘ik ben doodmoe en wil even tot rust komen.’

‘Oeleboele woelemoddebodde,’ klaagde Ran met een klein stemmetje door de spleet, waarop een ferm ‘nee!’ klonk, dat mij dieper deed wegglijden in eigen warmte. De maan kwam op in haar laatste kwartier, maar ik lag in de schaduw op het bed, waar ik miraculeus terecht was gekomen.

‘Rembrandt,’ moet ik hebben gefluisterd in mijn slaap volgens latere gegevens, gevolgd door een afschuwelijk smikkelend 'Ikozikaas', om de bijl, het gruwelijke wapen van de ontzagwekkende Zoeloe.

Chrisje had het koud gekregen in haar stoel, ook zij had er tenslotte een hele dag op zitten en ze huiverde en bibberde zo nu en dan, want sterk of niet, de nacht is de nacht. Koud was haar lichaam op dat uur en naarmate de nacht vorderde vermengde zich daarmee iets waar ze anders niet mee te maken had: vrees. Dat was vreemd maar naar het waarom vroeg ze niet, wel overwoog ze een paar manieren om ervan af te komen. Vroeger, in de voortijd of waar dan ook, als zij 's nachts niet kon slapen, luisterde zij naar de wind, een blikkerig piepen op het dak, het ritselen van een vogel of het kraken van de mand als de hond zich omdraaide. Ze verbeeldde zich dan dat levende wezens met elkaar vochten en daarbij rochelden. Dat kon haar dan een dag lang bijblijven als een vreemd gevoel tussen geluk en ongeluk in.

De nacht drong dichter en donkerder dan gewoonlijk naar binnen, beneden slofte Ran, ergens anders weer Knobbe, ver weg Olie, en Kwik, overal en nergens, knorde beestachtig en vestigde zich steeds meer in het huis. Daar zat ze in haar stoel, een van die mensen die zien hoe het licht wordt: eerst grijs, dan bleek, dan grauw, vervolgens roze en uiteindelijk parelmoer dat over de wastafel glijdt en zo doet denken aan het violet van de dood. Daarom kroop ze naast me in bed en alle voorwerpen hielden de adem in. Glimlachend richtte ik mij op, iemand van lang geleden omhelsde haar, trok haar naar zich toe, boog zich over haar heen. Ran trachtte zich er nog tussen te wringen met een gore mop ('ken je die van Bruins is dood...?') maar zonder succes.

Zij verzette zich kort, een al te gemakkelijk verloop leek haar heiligschennis, een verraad aan de nachtelijke wereld. Zij verzette zich omdat er zoveel smartelijke dingen waren die toch eerst besproken dienden te worden, waar niet zomaar overheen kon worden gestapt. De waarheid was dat er een last op haar drukte en botten en spieren meegaven gelijk troepen die overlopen. In deze zelfde lijn ontvouwden zich in haar de grote nachtgedachten van het mededogen. Dan het geduvel met de lakens, duivelse flitsen komische details, waarna de slaap der uitgedolden en dieper is er niet.

❦

Raadselachtig is dat het herinneren eigenzinnig zijn gang gaat en zich niet zelden aan de meest banale details bindt. Dit geldt niet alleen voor reële gebeurtenissen maar ook voor fantasieën, dromen en vluchtige gedachten, die zo snel voorbij schieten dat alleen het voorbijgaan blijft hangen. Omgekeerd kunnen dan de meest prozaïsche dingen zich een bijna mystieke zwaarte verwerven, ze worden op hun beurt raadselachtig en beroepen zich op het innerlijk. Dat wordt wel eens te veel voor een oud minnaar, zijn onzekere voeten gaan ruimten meeslepen, en een eenvoudig stel borsten wordt tot het plooien en voegen van de kosmos om hem heen. Zo werden voor mij het zacht verleppen van Chrisje en haar genegenheid voor mij, die het karakter had van een voorkeur, een uitverkiezing, tot tekenen van waanzin en vreesde ik dat het in haar hoofd niet langer pluis was. Wie streelt er in Godsnaam mijn wang, drukt mijn handpalm aan de mond, strijkt teder door mijn haar en legt haar hoofd aan mijn borst op een manier waar men niet over spreekt. Deze verwarrende zaken, mijn groot herinneringsvermogen dat soms tot een ware last wordt, mijn dromen en verder het merkwaardig ontbreken van ieder verleden of controleerbare afkomst aan de zijde van Chrisje deden een merkwaardige minnarij ontstaan.

Velen waren op haar afgekomen: Ran, Olie, Kwik zonder twijfel, en zo'n overdaad op een klein toneel zou zeker ook Knobbe meetrekken, die voor mijn gevoel reeds al te nadrukkelijk deed of zij hem niet interesseerde. Er was zelfs al sprake van dat Kwik Knobbe een kleine som gelds had aangeboden als deze zijn kansen eens wilde beproeven. Iets dat Ran diende te weten, vond ik, vanwege de lugubere, souteneurachtige connotaties. Ook op mij hadden al deze amoureuze omspelingen hun invloed niet gemist, zo iets prikkelt, maar het paste wel goed bij mijn plannetjes; toch had ik besloten de grenzen der kameraadschap niet, of anders uiterst zelden te overschrijden. Zij van haar kant dreef mij echter wel in het nauw met onnodige invites, toespelingen, lonkerij, veelbetekenende blikken en een enkele maal een dubbelzinnigheid. Ik verbaasde mij erover dat zij, die zo onvatbaar was voor de anderen, zich zo ver waagde waar het mij betrof. Ernstige bedoelingen kon ik haar maar moeilijk toeschrijven: zij kende mijn leeftijd die ik een rijpe wil noemen, wist van mijn hulp, die zeker een formidabele tegenstandster zou zijn, wist ook van mijn saaie, oerburgerlijke woning en van mijn grote voorkeur voor het innerlijk van de mens met name dat van mijzelf.

Op de bewuste avond toen ik bij haar was had zij plotseling met een handbeweging het afstropen van mijn broek (een cruciaal punt) een halt toegeroepen. Ik weet dat nog zeer goed omdat er op dat ogenblik ergens een radio speelde en ik plotseling de mensen benijdde die op hetzelfde moment rustig en zonder hartkloppingen naar de radio konden luisteren. Ik heb geen overwegende bezwaren om mijn broek te laten zakken, maar ervaar het wel als zeer beschamend daar halverwege mee te moeten stoppen. Het is altijd mijn slagschaduw geweest bij mijn erotische activiteiten te ervaren hoe het komische ervan op vliesafstand dreigt. Een door een lachstuip onderbroken voltrekking behoort tot mijn realiteiten en vervult me met huiver, een zeer diepe wortel van mijn angst bij vrouwen. De woede om de vuilbekker die men niet en nooit weet te ontlopen en die zich hier natuurlijk meldt, helpt niet, en is daarbij ook nog het beoogde doel, beter is het maar aan zijn kant te gaan staan en samen te rotten met die zweterige haat om tactische redenen. Dat geeft de beste kansen op een voldragen liefdesdaad, zo van buiten gezien en niet in de eerste plaats door zichzelf.

Chrisje wees op mijn genitaliën en zei: 'Wat is dat,' maar op een toon waarop men op de markt een niet bekende groente aanwijst.

'*Goud en zilver*,' zei ik, 'de wals dan,' en zette mijn strooptocht voort, maar zij herhaalde met oprechte verbazing: 'Wat is dat,' alsof ze mijn gedachtenleven zeer fijnzinnig doorhad tot in het laatste hoekje.

'Dat is mijn toverstaf,' zei ik, 'en ik ben de hoge hoed.'

'Ik kan mij niet herinneren,' zei ze, 'Ran wil daar nooit over spreken.'

'Op mij rust een vloek,' zei ik op de rand van het bed, ik legde de handen breed op de knieën, 'de vloek van Ran. Wie weet wie hier had kunnen zitten. Kom naast me.'

'Dat doe ik,' zei ze, 'buiten druilt de regen,' en ik bekende haar in de ware want bijbelse zin. Wel zat Ran me nog wanhopig dwars met zijn gefluister, maar ik haalde de eindstreep door hem te overtroeven en mij beuzelingen voor te stellen waarvoor ik, als dat zo uitkomt, ernstig vergeving zal vragen, ik denk hier aan absolutie en al die dingen.

'Het is vreemd,' zei ik na enige tijd, 'dat ik afgezien van mijn pijp nog maar zelden zo'n gier heb gehad naar iets als nu.'

'En dat is?'

'Cornedbeef,' zei ik.

'Dat hebben we,' zei ze, 'maar nog niet weggaan.'

Goede cornedbeef kruimelt, korrelt en valt op bevel zacht uiteen. Hij mag niet te zout zijn en ook niet te vet, en dat komt me nog al eens voor. De juiste manier van nuttigen is het snijden van plakjes ter dikte van een normaal potlood. Geen onnodig gedoe met brood en dergelijke, of augurken, en ook is het af te raden te langzaam te eten, daar alles draait om de nasmaak. De vreugde van de cornedbeef is hem gegeten te hebben en dat heeft hij gemeen met de allerdiepste geneugten. Een kopje thee, liefst naturel, niet te sterk, is aan te raden, om het vet te verslaan.

Alles was hier zoals het zijn moest en alle tijd dat ik at zat ze mij op een wat verbaasde wijze aan te kijken.

Daaraan was de wat koele genegenheid die sindsdien ontstond niet te wijten, het had eer van doen met de opvatting in de oudheid dat waanzinnigen door de bijslaap kunnen worden genezen. Dat is zeer wel mogelijk en mij kwam het goed uit, de waarheid heeft hier echter toch een ander karakter en is te vergelijken met het verschijnen van een engel, waarbij de uitverkorene als een wezenlijk bestanddeel daarvan dit ook weer moet vergeten, de engel echter wel heeft gezien...

❀

Ook in die tijd schonk ik grote aandacht aan mijn informanten, zoals gezegd at ik 's ochtends het liefst alleen, men respecteerde dat ondanks het weinige begrip ervoor. In ieder geval werd ik in dat belangrijke halfuurtje niet gestoord door het gebruikelijke lawaai dat een huishouden nu eenmaal aankleeft, zoals het werpen van vaatwerk uit grote afstand in een teil, of het kletterend opstapelen van maar enkele borden zonder een eind in zicht. Ik hecht zo'n groot belang aan dat ochtendlijk alleen zijn daar de nacht de tijd is van de grote samenzweringen, zodat er dan nog te luisteren valt naar het lispelen van de spieën. Het gaat er maar om te weten wat deze lieden te zeggen hebben, zouden kunnen zeggen, mogelijk al gezegd hebben, waarbij rekening moet worden gehouden dat er wordt gezegd wat ik wil dat ze zeggen. Er staat tenslotte niets op schrift. Eigen woorden die ik zo zacht mogelijk uitspreek zijn maar zelden helder en duidelijk, ik neem geen standpunten in, spreek zacht en traag, zodat ik bijgedachten wel moet aannemen en niet kan negeren. Dit eindeloos mondeling voorbehoud belet mij niet het uiteindelijk in schriftelijke vorm te gieten om iets tegen mijzelf in de hand te hebben. Roemt men mijn inzicht dan kan ik dit staven, dringt gemompel van ontevredenheid tot mij door dan zal ik de gevolgen moeten dragen.

Zo wandelde ik op een morgen langs het kanaal, gevolgd door Kwik, die een pas achter mij liep en mij informeerde over gesprekken die in huis waren gevoerd. Ik gaf daarop natuurlijk geen commentaar, maar knikte slechts ten teken dat hij zich diende te verwijderen. Daarna, zoals gewoonlijk, naderde Ran om dat wat Kwik had gezegd weer op losse schroeven te zetten, deze keer wist hij iets over de nacht te vermelden... Ik glimlachte toen hij zijn taak had vervuld, waarna hij achteruit lopend de eerste de beste steeg opzocht om daarin te verdwijnen.

Die ochtend hoorde ik van Ran dat Kwik enkele kamers in het huis had vrijgemaakt en ook het boekenbestand weer danig had uitgekamd. In een hoek beneden had zich opnieuw een berg verzameld om met het oud vuil te worden meegegeven: roosters, hoepels, spanjoletten, kolenscheppers, potten, pannen, jassen, harnassen en bruidsjurken, ook boeken. Kwik had zich honend uitgelaten over zijn speeldrift, die hem tot een bedelaar had gemaakt die zijn plaats op de genoemde stapel had. Tot zijn ontzetting zei Ran, wiens stem de holle klank kreeg van een niet meer te bevatten onrecht, had Kwik verteld alle panden van waarde in zijn bezit te hebben en ook een beleenbrief op het magazijn en de inboedel. Daar hem de toegang tot de speelcasino's was ontzegd vanwege vuige roddel van een onbekende, had hij Kwik niet meer de mogelijkheid van een grote winst in het vooruitzicht kunnen stellen, wat deze op een haast ondraaglijke wijze als een allerlaatste mogelijkheid had gesuggereerd. Dus grijnsde Ran de totale ondergang aan en was ik, zo hoorde ik wat kortademig achter mij, zijn laatste kans.

Het moet een vreemd schouwspel zijn geweest mij met rustige waardigheid te zien voortstappen langs het kanaal, gevolgd door een oude, stokmagere man, die duidelijk gebroken met zijn veel te grote handen de tranen van zijn gezicht veegde, waarbij niet mag worden vergeten dat ik daar uit hoofde van mijn positie voluit bij glimlachte.

Ik ging verder alleen naar huis, het was een lichte ochtend, zo een die ongekende levenskracht schenkt, de nevel die aan het begin van mijn wandeling over het kanaal had gehangen trok op en de eerste zonnestralen vielen op de bedauwde generaal Thompson, een man die God mocht weten wat allemaal in Albanië had uitgespookt, iets wat in geen enkel hoofd meer een plaats innam, maar die desondanks en in steen gehouwen daar de glorie van ontving.

Ik dacht over de gekregen informatie na, als altijd vol wantrouwen, want meestal denuncieert het een het ander. Ik had werkelijk alles in het hoofd, zo als stond het op papier in kleinste kleinigheden. Ik zie nog voor mij hoe ik daar liep en het gezicht hief naar die paar zonnestralen, en bad: 'O Heer, daar is ene Ran die zich aan mij heeft schuldig gemaakt, niet aan een euveldaad maar aan dat wat onvergeeflijk is. Ik zeg U, in hem heb ik geen welbehagen en dat is nog zeer voorzichtig uitgedrukt.'

❁

Ran begon zich nu ook navenant te gedragen, hij ging onophoudelijk uit en was dan even later weer terug. Voor ons gevoel was hij ook voortdurend bezig steunend jassen uit te trekken en weer aan te doen. Veel aandachttrekkerij, dat was wel duidelijk, maar het lukte hem daarom niet minder.

Omdat hij onevenredig in onze gedachten was begon het huis op allerlei manieren trekken van hem te vertonen: de voordeur, die toch altijd goed had gesloten, sprong herhaaldelijk en zonder enige reden open en moest dan om alle rommel in de winkel en door het licht dat daar niet helemaal in orde was weer moeizaam worden gesloten. Ook in het behang van de huiskamer begon het zichtbaar te worden: patronen tekenden opeens zijn figuur, de ronde rug, de grote handen en ook de verdrietige glimlach die hij zich kortelings had aangeschaft. Ook bij zijn jassen aan de kapstok was dat zo, de ene keer waren ze dun, dan weer wijd en breed als een Russische kaftan, en de zware plooien deden ook iets waar ik maar niet achter kon komen, ik zou zeggen ze ademden zwaar. Ook meende ik hem duidelijk te herkennen in een armzalige, sterk verwaarloosde jachthond die een eind verderop in de straat altijd voor de voordeur lag te janken, ongeacht het weer. Wat daarvan zij, de gelijkenissen waren schokkend. Ook duvelde hij, maar dat was natuurlijk te verwachten, een keer van de trap, lag zacht kreunend op zijn rug en zei dat hij een tor was.

'Kom nou Ran,' zei ik geërgerd, 'met die handen?!...'

'Leeft ie nog?' vroeg de meubelvrouw, die ook was komen kijken en allesbehalve geschrokken. Ze had zich vreemd genoeg sterk opgemaakt en rook zwaar naar parfum.

'Hij is niet dood,' zei ik, 'hij leeft!'

We bogen ons over hem heen en bekeken hem aandachtig, vooral zijn armen en benen, die hij krabachtig bewoog.

'Misschien wil hij wat broodkruim,' zei de meubelvrouw.

Ik gaf geen antwoord maar bekeek intens het kleine plasje, dat tussen zijn benen geleidelijk groter werd.

'Ik kan de gedachte maar niet kwijtraken,' zei ik, 'dat hij me op een nacht heeft opgezocht en achter me in bed is gekropen. De schoft.'

'Hij houdt ervan zich te verstoppen,' zei de meubelvrouw.

'En of hij,' zei ik, 'onder tafel zag ik hem een keer zijn buik bewegen, heel ritmisch en heel diep, daar zat iets kwaadaardigs in en ook een wat kikkerachtig plezier.'

'Ik zou er een eind aan maken,' zei de meubelvrouw, 'kokend water dat lijkt mij het beste.'

Ik dacht daar nog over na in mijn droom, waar hij op de tafel lag, gezwollen, rood, geleiachtig en bij het geringste zuchtje tocht rilde van de pijn. Er was nog iemand aan tafel, met een sigaar. Een of ander familielid, dat voortdurend probeerde als we niet keken zijn vork diep in het lichaam te steken.

'Die is er eerlang geweest,' zei ik spijtig.

Maar bij nauwkeuriger toezien zag ik toch weer tekenen van herstel. Een been dreigde los te laten, het viel opzij en toonde bij de lies een geweldige versrode scheur. Ik had gelijk, hij zag toch weer kans te ontsnappen, dat wil zeggen dat hij zich op de vloer sleepte en naar de deur kroop. Hij opende deze en deed haar daarna zachtjes achter zich dicht.

❀

In huis waren de veranderingen in volle gang, dynamische tijden, en dat is altijd beroerd voor de zachte dingen. Kwik had al een paar kamertjes laten ontruimen en de inboedel op straat gezet voor als 'de mannen' langskwamen. Wat naar binnen werd gedragen was ietwat verontrustend: roze lampjes, veel rood gordijn en harde canapés, die aan ziekenhuisbedden deden denken door een bepaald fluïdum van desinfectantia. Er verschenen ook wat aardige vrouwen, die de boel in ogenschouw namen en die, hoewel ik ze op de trap herhaaldelijk tegenkwam, langs mij heen keken alsof ze met de gedachten al weken verder waren. De nieuwe stapel boeken was een jammerlijk gezicht, geduldig lijdzaam spul in veel te veel licht, dat zich aan elkaar vastklampte in afwachting van 'de mannen'. Er bovenop stond een tafeltje met een blad waarover een biljartlaken was getrokken, en dat het uiterlijk bezat van een kaarttafeltje.

Tussen de boeken had ik, de berg wat met de voet uit elkaar duwend *Het leven van Rembrandt* teruggevonden. Geen boekenbestand is zonder, maar ik meende het te herkennen. Dapper had het de eeuwen doorstaan maar niet zonder ernstige schade, de band, eens zo licht bol en intiem vertrouwelijk, was hol getrokken en dat is het einde van een boek.

Over Chrisje in die tijd herinner ik mij weinig, vermoedelijk heb ik op mijn beurt langs haar heen gekeken. Mevrouw Kwik verliet het huis en ging met de pop terug naar de Keizerstraat. De meubelvrouw bleef en ontwikkelde zich tot een bazig wezen, geurend en hoog opgemaakt. Maar om nog even op *Het leven van Rembrandt* terug te komen, het trof me wel na zo lange tijd. Ik had eigenlijk als vanzelfsprekend aangenomen dat het ten onder zou zijn gegaan: verscheurd, weggeworpen, gekraakt door al dat in- en uitpakken op de markt. Het speet me dat ik het destijds niet had kunnen kopen, ik had zo'n zestig cent op zak meen ik, het kunnen ook twee kwartjes zijn geweest of nog wat minder, maar Ran vroeg een gulden na mijn gestalte met een enkele blik te hebben opgenomen en keek daarna onverzoenlijk een andere kant uit. Hij was onverzettelijk, ver buiten het koopmanschap om, maar hij had het kunnen zien, ik was ten slotte een jongen die niets liever wilde dan een kunstschilder worden en daar in de duinen zelfs hartstochtelijk om had gebeden. Ik was niet zo maar een jongen met te weinig geld, ik was een zeldzaam type, een gevoelig gezicht en grote donkere ogen vol van haat. Ik was de kwetsbaarheid zelf, wat alleen is te zien bij een tweede blik, en dan ook een jongen die het geheugen bezat dat daar bij hoort. Zo'n jongen die zich meer herinnert dan zijn verleden, die al met speelgoed medelijden had en terecht, nog een van de laatste grote eenzamen in de klas, een minnaar van de Koningin, en een wiens benen precies leken op die van Robin Hood. Zo een die met zijn vader op leven en dood een strijd uitvocht om zijn moeder en wel op het wapen van het tekenen. Dan is het hard, zo'n boek...

We haalden Ran uit zijn kamer toen het tijd was en we besloten hadden dat hij de stad zou verlaten. Het was guur weer, zo'n weer om gauw weer naar binnen te schieten en hij had zich dan ook warmpjes geïnstalleerd op zijn kamer. Het was aan het eind van de middag, het schemerde al, waarom hij zich een deken om de benen had geslagen en een kussen in de rug gezet. Naast hem op het tafeltje stond een glas jenever onder handbereik.

'Ik ben wat ziekjes,' trachtte hij de stemming mild te houden toen we binnenkwamen.

'Goed volk,' zeiden we, grepen hem onder de oksels en droegen hem de trap af.

'Chrisje!' riep hij, zijn hals strekte zich boven de schouders alsof een onzichtbare kracht hem bij zijn kop uit onze armen wilde trekken. Daarna zakte het hele lijf weer ineen en zijn hals verdween tussen de schouders alsof dezelfde onzichtbare kracht hem plotseling losliet.

'Chrisje!'

Bij de deur hielp Kwik hem in zijn jas en ik drukte de boekhandelaar de hoed met de vette rand op het hoofd. In de war, zoekend naar woorden die hij maar niet kon vinden bleef hem niets anders dan er zielig bij te staan: gebogen, mager in de schouders, hangende armen, o-benen, maar we smeten hem eruit, zetten hem op straat, buiten de deur al naar believen. Daar stond hij, een machtig wrak, in een glimmende, verlaten straat en wat schuin hangend in de wind.

'Huuh,' riep Kwik, die zwart en scheef in de deuropening stond, 'huuh!!'

'Niet slaan!' riep ik.

Rillend sloten we de deur en deden er waarachtig ook nog de grendel op.

'Ik wilde helemaal niet slaan,' zei Kwik.

'Men moet kunnen vergeven,' zei ik, 'zuster Dillinger wacht.'